Wonderful《ワンダフル》 Story《ストーリー》

伊坂幸犬郎／犬崎 梢／木下半犬

横関 犬／貫井ドッグ郎

PHP
文芸文庫

○本表紙デザイン＋ロゴ＝川上成夫

Wonderful Story
ワンダフル ストーリー

Contents

本文デザイン――印牧真和

イヌゲンソーゴ

伊坂幸犬郎

◇

飼い主は六十代の夫婦だった。夫のほうは定年でメーカーを退職したばかり、妻のほうは結婚以来の専業主婦で収入らしい収入はなく、子供はおらず、貯蓄はそれなりにあり、細々《ほそぼそ》とながら穏《おだ》やかに生活していた。犬を飼うことにしたのもたまたま、妻が近所の八百屋《やおや》に日用品を買いに出かけ、帰りに段ボール箱に捨てられていたのを見つけたからだ。

一歳にもならぬほどの、こぢんまりとした丸い、雑種犬だ。

動物を飼う責任感に、夫のほうは重苦しさを覚えたものの、この年で家族が増えるのも悪いことではないと判断した。日曜大工は得意であったから、庭に犬の小屋を作り、はじめは鎖《くさり》につないでおいたが、犬が思いのほか物わかりが良く、おとなしかったため、敷地《しきち》の周囲に簡単な柵《さく》を作ってからはほとんど放し飼いの状態になった。

それが起きたのは、数年経《た》ってからだった。犬は小柄な小学生ほどの体格に成長し、朝になれば、散歩に行こう、散歩の時間だ！　財布《さいふ》忘れても散歩を忘れるな、と吠《ほ》える。普段は散歩担当の妻が風邪《かぜ》気味であったため、その日は夫が散歩綱を犬につけ、家を出た。

夫は犬が行きたい方向に任せ、散歩ルートを決めることが多く、つまり犬任せだったのだが、その日の犬は街区を超え、ずんずんと進んでいった。途中で、水田の広がるエリアに出て、横にある雑木林を通りかかったところで、犬はビニール袋に近づいた。鼻をくんくんと鳴らし、黒のビニールの中身を気にかける。

夫は、「はい、離れて離れて」と暢気《のんき》に呼びかけていたものの、あまりに犬がしつこいため、ビニール袋を開けたが、はじめは中の物が何であるのか理解できなかった。一万円札の束だったのだ。それがいくつも入っている。

おいこれ、と夫は犬を見る。が、犬は顔を見合わせることもなく、「では行きましょうか」と言わんばかりに先へ進みはじめる。慌《あわ》てて男は散歩綱を引っ張り、その大金を拾い、警察に届け出た。

遺失物《いしつぶつ》五千万円は世間でも大きく話題になった。捨てた人物は現れず、おそらくは税逃れのために邪魔となった現金をやむを得ず処分したのだろう、という説が語られもしたが、とにかく三ケ月が経ったのち、法律によって、その金は男のものとなった。もちろん世の常に違《たが》わず、やっかみから、男に対する嫌がらせや借金の申し込みが殺到したが、金を得た直後に彼が全額を、公的施設や養護施設に寄付をしていたことが分かると、それもトーンダウンした。身の丈《たけ》に合わぬ富は、自分たちには背負いきれない。みなで使ってもらったほうがいい。

夫婦はそう言い、むしろ好感をもたれるに至った。

さて、そこで登場してくるのが、彼ら夫婦の隣に住む、車庫に三台の外車を停める建坪《たてつぼ》九十坪の大きな家に住む、やはり六十代の男だ。父から引き継いだアパート経営による家賃収入をベースに、定期預金による潤沢《じゅんたく》な利息《りそく》も得て、とにかく生活には困らぬどころか、使い道に困るような状態だった。十数年前に、自らの家庭内暴力によって離婚した時に取り決めた養育費支払も、息子の成人とともに終えていた。

つまり、これ以上、金が必要な人生でもなかったはずなのだが、その隣人は、犬を飼う夫婦に対し、面白くない思いを抱《いだ》いた。大金を拾うという幸運もさることながら、それを寄付するといった行為に、ただならぬ不快感を、平たい言い方をすれば、「いい恰好《かっこう》をして、目立ちやがって」という思いを抱いた。嫉妬心《しっとしん》に果てはない。

隣人はどうしたか。その夫婦に不幸を与えてやろうと思い立ち、彼らが一番大事にしていた犬を奪おうと考えた。柵があるだけの放し飼いである上に、もともとさほど凶暴な犬ではなく、むしろおとなしいのだから、盗むのは容易だ。さらに次なる計画を思いつき、興奮した。犬を盗み、「誘拐《ゆうかい》した」と電話をかけるのだ。おそらく夫婦は犬を心配し、あたふたとするだろう。あたふたとした挙句《あげく》、「どうしてあの大金を寄付してしまったのか、身代金《みのしろきん》に使えたのに」と悔《く》い、悶絶《もんぜつ》するのではないだろうか。何という痛快。隣人はすぐに実行に移した。

深夜に犬を奪うことは、案《あん》の定《じょう》、難しくなかった。が、隠し場所まで連れて行こうとした際に、犬が急に暴れ出し、駆けていってしまう。慌てて隣人が追いかける。すると、雑木林と細道の境目あたりで立ち止まり、黒いゴミ袋に鼻を近づけていた。

隣人は、これはまた高価なものを、価値ある何かを見つけ出したのではないか、とぴんと来て、駆け寄る。がさごそと中を開け、はじめは何か分からぬが、じっと目を凝《こ》らすうちに正体が分かり、腰を抜かした。確かに、価値あるものではあった。人の命は、地球より重い、という意味では、最大級に高価なものともいえる。

白骨化した遺体だった。

「異議あり」そこまで聞いていた私は、さすがに口を挟《はさ》んだ。「ちょっと待ってくれ、ポチ、いろいろ言いたいことがある」

「何だよ、ムサシ。まだ話は途中なんだけれどな」と白い毛のポチは、門扉《もんぴ》の内側で面倒臭そうに言った。

「いや、まずね」

私はポチの住む家からは三本、通りが離れた家に飼われている。散歩のルート上は、ポチの家は通らないのだが、首輪をうまいこと外《はず》せた時には家から抜け出し、やってくることにしている。ポチが門の近くまで来てくれると、そこで雑談ができるのだ。庭には一直線にロープが張られ、首輪についたチェーンがそこを行ったり来たりできるため、ポチは端《はし》から端までは移動できた。

「ポチ、まず、捨て犬なんて今は見かけないよ。いつの話なんだ」

「昭和だ」

「それにゴミ袋は黒くないよ。半透明の袋じゃないと、収集車が持って行ってくれないはずだ」

「昭和時代は、ゴミ袋といえば黒かった」

「定期預金の利息なんて」

「昭和の時代はすごかったんだ」

なんでもかんでも、「昭和」で説明をつけてくるため、私は少しむっとなり、遠慮するものか、と思った。「その話、その後で、犬が、隣人の男に殺されちゃうんだろ？」

ポチが、「お」と言う。「どうしてそう思うんだ」

「飼い主は、犬の墓の隣に木を植える。育った木をもとに、臼《うす》を作るんだ。そうすると」

「よく分かるな。この話を喋《しゃべ》るのは初めてなのに。いや、そうなんだよ、隣人は、臼を作って、餅《もち》をつくとそこに、当時、上場《じょうじょう》したばかりの会社の株券が現れた。老夫婦はぎょっとし、どうすべきか悩んだ」

臼から出現したものであるから、落し物とは言いがたく、それでは偽物《にせもの》なのだろう、と思うが警察に届けると、正式な株券だと判定される。そればかりか、老夫婦が自分たちの所有する株券のことを忘れてしまったのだ、と受け止められ、事件として扱われることもない。

仕方がなく、老夫婦が株を売却《ばいきゃく》してしまおうとすると、そのタイミングを狙ったかのように、その会社の新規事業が発表され、株価急上昇となり、莫大《ばくだい》な金が手に入る。彼らはそれをまた、どこぞの施設に寄付をする。

「で、どうせ、隣人が黙っていないんだろ」私はその先を知っている。「その臼を盗んで、自分も儲《もう》けようと思って、餅をついて」

「その通り！　すごいぞ、よく分かるな。隣人は例の、死体を発見したことで容疑者扱いをされたり大変だったんだが、やっとのことで身の潔白《けっぱく》が証明されたばかりだった。そこで隣の夫婦がまた、注目を浴びたものだから、いても立ってもいられなくなった。臼を盗み出して」

「臼って重いと思うけれど」

「さっそく餅をついた。家に、怪しげな男たちをたくさん招いてね」

「怪しげな男たち？」

「死体を発見した時の余波で、隣人は警察に目をつけられたんだ。まあ、もとから金持ちならではの黒い繋《つな》がりがあったからさ。ただ、その怪しげな人間たちには怪しげな力があるのも事実だからね、その力を借りて、警察から解放されたんだ。だからそのお礼を兼ねて、株券の出てくる臼を披露《ひろう》しようとしたわけだ。餅つき、株券パーティだ。ただ、いざやってみれば、臼からは、犬のうんちやら何やらが溢《あふ》れ出てきて、その悪臭《あくしゅう》たるや大変なもの、集まった面々は怒りに怒った。隣人はひたすら謝罪して、その臼を燃やしたんだ。ビニール袋に入れて、夫婦の玄関に捨てた」

ポチの話は続く。

玄関でそれを見つけた夫婦は、中に入っているのが臼の燃えカスだと分かると、死んだ犬のことを思い出さずにはいられず、肩を落として、涙を浮かべた。そのままゴミとして処分するのも寂《さび》しく感じ、犬の墓の、もともとその木があったところに埋めてやろうという話になったのだが、ビニールから出そうとした瞬間、風が吹き、灰の一部が飛んだ。そうしたところ少し離れた場所に生えていた桜の木に振りかかったのだが、そちらに視線をやった夫婦は目を疑うことになる。枝だけの姿だったはずの木が、うっすらと桃色にぼやけはじめ、花粉のようなものが舞っているのかしら、と思ったところ、花が咲いているのだと分かる。まばたきを数回やる間に、満開となったのだ。

夫婦は顔を見合わせ、いったい何が起きたのかと呆然《ぼうぜん》とするが、たまたまそこに居合わせた男が、勢いよく駆け寄ってきた。「今、何をされたんですか！私、大学で植物の成長メカニズムについて研究しているのですが」と、鼻息で夫婦を吹き飛ばすほどの興奮を見せた。「ぜひご協力いただきたい」

もちろん夫婦には協力することを拒《こば》む理由はない。これも飼い犬が遺《のこ》してくれた力だろう、と灰を提供する。そのことは新聞に取り上げられた。

「面白くないのは隣人だろうね」私は呆《あき》れ半分、諦《あきら》め半分で言った。もはやポチはこの話を途中でやめるつもりはないらしい。さらに言えば、これがすでに有名なお伽噺《とぎばなし》と酷似《こくじ》していることも認める気はないようだ。

「ムサシ、その通りだよ。隣人は研究室に忍び込んで、灰を盗んだ。そして、またしても、怪しげな者たちを集めてね、桜の木を前にして言ったんだ。今からすごいものをご覧に入れよう」

「昔話の場合は、大名《だいみょう》の前でやってみせるんだったけれど」私が言うと、ポチは怪訝《けげん》な顔をする。

「昔話の場合って何だよ」

「確か、いじわるなおじいさんが、灰を撒《ま》いたら、花が咲くどころか大名の眼に入っちゃって、罰を受けるというオチだよね」

「オチって何だよ」ポチはどこまで本気なのか、きょとんとしている。「でもまあ、その通りだ。結果は、彼の投げた灰が、悪い奴らの親玉の眼に入ってね」

「僕はその昔話を聞いた時から、謎《なぞ》だったんだけれど」私は言う。「その、いじわるなおじいさんも、それまでの二回、失敗してるんだから、灰を撒く時くらいは前の日に予行練習しておけば良かったのに」

犬が宝を掘るかと思えば失敗し、臼から宝が出るかと思えば汚物《おぶつ》が現れ、というパターンが続いているのだから、「あ、この灰もひっかけ問題かな」と予測しても良さそうなものだ。

「ムサシ、おまえがさっきから言ってるその、昔話っていうのは何なんだ？」

「花咲か爺《じい》さん、の話だよ。ここほれワンワンの」私はわざわざ指摘《してき》するのも恥ずかしいほどだったが、口にした。が、ポチのほうはぽかんとしたままで、

「知らない」と言い切った。嘘をついているようにも見えなかった。

「じゃあ、いったい、今の話は何なんだよ」

私のその問いかけにポチは少し顔を引き締める。「あのな」「うん」

「俺はその犬の生まれ変わりだ」

いったい何を言い出すのか、私はしばらく二の句が継げなかった。はあはあ、と息を整えてから、「ポチ、笑えない」と指摘する。

「冗談じゃないんだ。いいか、俺は、あの男に殺された」

「昭和の時代か」さっきの話からすれば、そういうことになる。「その、君が、花咲か爺さんの犬だったのか」

「そのニックネームは知らないけどな」ポチはうなずく。「ただとにかく、俺はやっと思い出したんだ。自分の過去を」

「過去というか何というか。でもどうして、急に」そんな血迷ったことを言い出したのか、何があったのか、フィラリアにでも感染《かんせん》したのか、と心配にもなった。

「いいか、ほら、三丁目に新しい建売住宅ができたのを知っているか？　もともと歯科医院だった場所の」

もちろん私も知っていた。散歩ルートとは異なるが、医師が御年を召し、引退したのだったか。「ポチの散歩ルートか」

ポチが言うには、数日前、その建売住宅の前を通りかかったところ、引っ越し業者が二トントラックで家具を運び入れているところだったらしい。そして、家主と思《おぼ》しき男がガレージから出てきて、引っ越し業者の作業にケチをつけはじめたのだという。

「その男を見た瞬間、全部の記憶が蘇《よみがえ》ったんだ」

「全部の記憶？」私は訊《たず》ねる。

「俺はあの男に殺された。生まれ変わる前に、だ」

「え、ということは」

「そいつが、あの隣人の男だ」

◇

ポチは、私に話をしているうちに高揚《こうよう》してきたのか、「よし、今から見に行くぞ」と自分の首輪を前足でひっかくようにし、ぐいぐいと体を揺すり、おしりのほうから体を引っ張るような形になると、頭を抜いた。私同様、彼も首輪抜けには長《た》けている。

「見に行くって、何を」

「宿敵《しゅくてき》、あの男だ」門扉を飛び越え、ポチが横に降り立つ。いつだって身軽だ。

宿敵と言われたところで、はあ、としか私は答えようがなかった。が、彼は普段から、真面目《まじめ》な顔つきで法螺話《ほらばなし》を述べたり、大言壮語《たいげんそうご》をばら撒くのが得意であったから、今回もそのたぐいなのだろう、それにしてはずいぶん熱心だな、と思いつつ、とはいえ断る理由もなく、かつ退屈ではあったため、私はポチと並んで住宅街を進んだ。

「ポチ、君の話が本当だとして」「本当だ」「だとすると、君はその、花を咲かせた犬というわけで」「正確に言えば、花を咲かせたのは、臼を燃やした灰だけどな。ただ、その発端《ほったん》となった犬ではある」

「となると、男のほうも生まれ変わり、ということになるのかい」言いながらも私は、何とも馬鹿げた話に相槌《あいづち》を打っていることに恥ずかしさも覚える。

「それは分からない。あの男が一度、死んだかどうかも定かではないからな。もしかすると、ずっと生き続ける悪い奴、という可能性もある」

「そんな馬鹿な」私は言い返した。

二人で並び、歩いていると小学生が、「あ、犬二匹」と指差してきたり、もしくは、どこぞの若い女たちが、「可愛《かわい》い」と指差してきたりするのだが、こちらはそれを聞き流し、何しろ人間のコメントの大半は私たちには意味がないからだが、車の行き来にだけ細心の注意を払い、角をいくつか折れる。

取り壊された歯科医院はかなり大きかったのだろう、建売りの住宅は五戸《こ》並んでいた。いずれも少しずつデザインが異なるが、タイル張りの洒落《しゃれ》た外観で、私は自分の飼い主の住む古い一戸建てと比べて、何とも我が家は貧相だと思わずにいられなかった。

単に、新築かどうかといった問題とも違う。最近、私の飼い主一家は、どうにも沈んだ空気に包まれている。大黒柱であるはずの父親は、今まで規則正しく会社に出勤していたのだが、ここ数日、家に帰ってこない。室内犬ではない私には、家族の話は聞こえてこないが、それでも漏れてくる会話の断片《だんぺん》をつなぎ合わせれば、大黒柱の彼は、大黒柱夫人たる妻と喧嘩《けんか》をしたらしく、夜に飛び出したきり帰ってこないのだという。

会社も無断欠勤となれば、これはかなりの異常事態だが、子供たち二人、思春期の男女二人は、まるで他人事《ひとごと》のような様子で、「おやじも子供だな」「お父さんも情けない」といった感想を漏らす程度、自分たちの学校生活、友人たちとのやり取りでいっぱいいっぱいだった。

私があの家の一員となったのは彼らが小学生の頃で、その時に、「ムサシ、ムサシ」と嬉《うれ》しそうに名前を呼んでくれたのは、今では遠い思い出と化している。こうして私は、彼らにとっては家族というよりも、庭にいるただの動物、という存在になっていくのだろうか。寂しさや不安ともまた違う、漠然《ばくぜん》とした心細さのようなものに思いを馳《は》せていた私は、「おい、ムサシ」と呼ばれ、我に返る。取り繕《つくろ》うように、「で、ポチ、君の言う男はどこだ」と訊ねる。

ポチは新しく塗《ぬ》られたばかりの、光沢《こうたく》すら見受けられるような新築住居の並ぶ通りを、奥へ奥へと進んだ。

行き当たりに、ひときわ大きな家がある。三階建てかもしれない。簡易的な屋根がついたガレージには、車が一台駐車してある。家の構えに派手さはなく、むしろどっしりと落ち着いた重厚感が漂《ただよ》っている。

表札《ひょうさつ》に書かれている字は読めなかった。

「ここ?」私が訊ねるとポチは、そうだ、と認めた。「ここに一人で住んでる」

「年齢はどれくらいなんだろう」

「かなり老いてるけど、元気だ」

「どうして分かるんだ」

「目つきがな、鋭いんだよ。生命力が溢《あふ》れていてな、俺はあいつの顔を見た瞬間に、体に電気が走ったんだ。脳がぴかっと光って、封印されていた記憶が、頭の洞穴《ほらあな》からどばっと飛び出して」

はいはい、と私は聞き流す。とにかく、その男の姿を見たら、ポチにコメントを残し、家に帰ろうと考えていた。そろそろ庭に戻っておいたほうがいいかもしれない、と。

「今は昼間だから、外に出かけているんじゃないか」私は訊ねる。その男が何歳であるのかは分からぬが、日中に外出している可能性はある。

「ただ、電気はついてる」

ポチの言葉に、視線を向ければ、一階のレースのカーテン越しに、天井《てんじょう》に設置された照明が灯《とも》っているのは分かった。「LEDかな」「知るか」

中の様子をもっと見たい、と私は体を起こすようにし、首を伸ばすが庭のコニファーが邪魔でよく見えない。ガレージのほうからポチが入っていくため、私もそれについていく。

停まっている車、年式の古いクラウンを避《よ》けながら進むが、なぜかその際にふわりとどこか馴染《なじ》みのある臭《にお》いがした。立ち止まり、あたりを見回す。

「ムサシ、どうした？」

「ちょっと嗅《か》ぎ覚えのある臭いが」気のせいか、と私は家の近くへ移動する。コニファーの横に、ガーデン用のテーブルがあった。そこに上れば、部屋の中が見えないかとふと思い、私は前足を持ち上げ、さっとテーブルの上に乗った。こういった際、軽妙なジャンプで行き来する猫のことが羨《うらや》ましくもなる。

私がテーブル上で前を向いたのと、カーテンがさっと開くのがほぼ同時だった。窓硝子《ガラス》越しに、男の顔が見えた。木の洞《ほら》に似た目だ。白目がほとんどなく、黒々としており、眉《まゆ》が薄い。鼻は大きく、耳は上に尖《とが》っている。髪は坊主頭だったが、年齢は分からない。おじいさんと呼ぶべきかもしれぬが、顔に皺《しわ》がない。

窓の向こうから、私たちをじっと睨《にら》むようだったため、私はテーブルからさっと降りたが、足の裏が庭の土を踏んだ瞬間、頭の中で小さな爆発が起きた。びかびかと音を立てながら、脳の神経が接続をはじめるような感覚に襲われ、体の奥底から、見たことのない光景が噴出してくる。

森の中だった。日はまだ高いはずであるのに木々の枝や葉が茂《しげ》り、その陽光を遮《さえぎ》っている。私たちは暗い中を、その道をゆっくりと歩く。胃の中は空っぽで、空腹感が頭を満たしている。旅の仲間もすっかり喋らなくなっており、ただひたすらまっすぐに行く。

このまま目的地に着くかどうか、そのことすら疑わしくなったが、確認する勇気もなかった。ほかに行く場所もない。森であれば、何かしらの食べ物があるのではないかと一縷《いちる》の望みでやってきたものの、冬のせいか虫どころか花さえ見当たらない。

森の奥で、明かりの灯る家があった。人間の別荘地のようで、いくつか木造の、ロッジ風の家が並んでいる。

誰が言うでもなく、私たち四人組は、動物であるから正確には、「四人」ではないのだが、その窓に近づいた。人間に暴力を振るわれ、虐待《ぎゃくたい》に耐え切れずに逃げ出してきたとはいえ、背に腹はかえられない。食べ物を貰《もら》えるのであれば人間に愛嬌《あいきょう》をふりまくのもやむなし、の思いがあった。

窓の中を覗《のぞ》くと、黒い服を着た人間が二人いた。

が、様子は明らかにおかしい。部屋の中の家具類の棚が全部、ひっくり返されている上に、彼らはワインの瓶《びん》に口をつけ、品のないやり方で飲んでいる。価値があるのかどうか分からぬが、金の板を積み重ねて笑っている。

「これは」

「泥棒だ」私の前にいる、一番体の大きな彼が、私たちを振り返る。「ここに侵入したんだろう」

「オフシーズンだから、別荘が留守だったのかも」羽根をたたんだ彼女が、赤い鶏冠《とさか》をぴんとさせた。「そこに空き巣が」

「円高とか円安とか、インフレとかデフレでいったりきたりの今は、金地金《きんじがね》は高騰《こうとう》しているらしいし」優雅に尻尾《しっぽ》を揺らす彼も呟《つぶや》く。

いいことを考えた、と声を上げたのは、体の大きな彼、ロバだった。「ほら、まずは君が僕の背中に乗って」と私に蹄《ひづめ》を向ける。

「君の背中に？」

「そうだ。その上に猫の君が、そしてその上に鶏《にわとり》の君が」

「どうなるんだい？」

「影が映れば、不気味な姿に見えるだろ。恐ろしい生き物が森から来た、と思わせれば、あいつらも怖《こわ》くなるかもしれない」

心配はあったが、ほかに案もない。私たちはもともと、一匹で旅をしていたロバに同行を許してもらった身分で、いわば、彼がオリジナルメンバー、リーダーと言っても過言ではなく、だから作戦に従うことにした。

全員でピラミッドのように背中に乗っていくのは困難で、一発では成功させられなかった。が、何とかバランスを取り、最上階を担当する鶏の彼女が羽根をばさばさやり、調整を行うとどうにか縦に重なることができた。そして、せえの、でタイミングを合わせると思い思いの鳴き声で、大きく騒いだ。もともと私たちは、ともに音楽好きである点で意気投合したこともあり、日本列島を北上し、仙台市で毎年開催されるというジャズフェスティバルを目指していたところだった。歌うのは好きであるし、声量には自信があった。

私たちの大熱唱とその不気味で巨大なシルエットは、予想以上に効果を示し、泥棒たち二人はその家から飛び出し、消えた。

私たちはすぐに家に入り、中にあった食べ物をいただくことにした。

「ちょっと待てよ、ムサシ」私の話をそこまで聞いたポチが口を挟んできた。

「そんなことで？」

「どうしたんだい」

「それ、ブレーメンの音楽隊だろ？」

彼の発した言葉がうまく受け止められない。「何だいそれは」

「ブレーメンに向かう、ロバと犬と猫と鶏の話だ」「仙台だよ。仙台のジャズフェスに向かっていた」「いや、そうじゃなくて。その話、聞いたことがある」「まさか」

「その後で、泥棒がまた戻ってくるんだろ？　おまえたちがお腹《なか》いっぱいで寝ている間に」

「どうして分かるんだ。その通りだよ」

私たちがその別荘でくつろぎ、寝息を立てていると、一度去ったはずの男たちが再びやってきた。はじめに察したのは猫だったかもしれない。夜の森の枝を踏む音が聞こえ、頭をもたげた。その時には私も、臭いを感じ取っていた。いくら息をひそめ、音に気をつけたとはいえ、人間と私たちでは、気配を察知する力に大きな差がある。

私はロバを、猫は鶏を起こし、待ち構えた。そして、おのおのの武器を使って、わっと乗り込んできた彼らにいっせいに襲いかかった。あちらは仲間を引き連れ、武装をしていた。中でもリーダーらしき男は争いに慣れているのか、私たちの蹴《け》り、噛《か》みつき、くちばし突き、といった攻撃に一人落ち着いて対応していた。ほかの人間たちが、暗い室内で襲ってくる私たちに慄《おのの》き、これはやはり幽霊の仕業《しわざ》！　と退散したにもかかわらず、一人でしばらく残り、持っていた鉄パイプを振り回していた。

ロバはそのパイプの威力を食らい、倒れた。私は頭に血が昇り、許してなるものかと男の首筋に思い切り噛みついた。我ながら驚くほどの跳躍《ちょうやく》で飛びかかり、犬歯《けんし》を食い込ませることに成功した。

男は家から外に逃げた。私は後を追い、それこそ、「俺たちを甘く見るな」の台詞《せりふ》でもぶつけてやろうかと思ったが、月の明かりの下、振り返った男の瞳《ひとみ》が真っ黒ながら妖《あや》しく輝いたことには、ぞっとし、毛が逆立《さかだ》った。

「あの時の男だ」私は、窓の外に鼻を向ける。すでにカーテンは閉じられていたが、あの男の眼が、そのレースに残っているようにも思える。「さっきのあの男が、あの時、森の別荘で俺と闘った人間だ」

ポチは、私をじっと見る。「なるほど」

「なるほど？」いったい何が分かったのだ。

「あの男は、俺を昔、殺した宿敵であり、おまえと決闘をした相手でもあるわけだ。生まれ変わっては、俺たち犬と対決する悪人となるのか、もしくは、ずっと死なずに生き続けている悪党なのか、どちらなのかはさておき」

「後者なら、びっくりするくらい長生きだ」

「普通の人間ではないんだろ」

もはや、ポチの妄想《もうそう》や大言壮語、法螺話だとは私も思っていなかった。それほどまでに、あの男を見た瞬間に、蘇った記憶の場面が生々《なまなま》しかったのだ。

音がし、玄関が開いた。私とポチはすぐさま地面を蹴り、庭の隅《すみ》にまで走り、隠れる。

男が出てきた。

◇

歩いている男の後ろ姿を、私とポチはとぼとぼと追ったが、見れば見るほど、あの森の中を去って行った泥棒と重なった。あの夜に、私に嚙まれた首を押さえ、流れる血を気にしながらも振り返り、こちらを睨んだ瞳には凄《すさ》まじい迫力と殺意が満ちており、私をぞっとさせた。

「ポチ、後をつけて、どうするんだ」

「分からない。ただ、嫌な予感がする。あいつがここに来た、ということは何かが起きるはずだ」

それはさすがに考えすぎではないか、と私は思ったが、ポチの宿敵であるところの男が、私の宿敵と同じだとするならば、油断して良い相手ではないはずだ。

「やあ、ポチとムサシ、どうしたんだ」そう呼びかけてくる声があり、見れば、野良犬《のらいぬ》のジョーがいる。もちろん、もともと野良犬だったのではなく、八十過ぎのおばあさんと同居している柴犬だったのが、おばあさんが急死し、住む場所を失った。親戚《しんせき》が引き取らなかったため、このままでは役所に連れて行かれるほかないと思われたが、居酒屋「つぼ八」の店長が不憫《ふびん》に思い、その庭にジョーが住むことを許した。食事も店の裏口からあげている。とはいえ、ジョーからすれば飼い主と呼べるのは、おばあちゃんだけであったから、心の中では常に、「今の俺は野良」という意識を持っていた。店長にしても飼い主の自覚は少ないように見える。

りかけていた。

「今、ちょっと大事な用で、あの男を」と私は説明する。すでに男は角を曲がりかけていた。

「あ、ジョー」とポチが思いついたように言った。「今、通《とお》っていった男の臭い、分かるか？　その臭いを遡《さかのぼ》ってくれないか。俺たちが来た方向なんだけれど。そうすると、あの男の家がある」

「それがどうかしたのか」

「俺たちは、あの男の後を追うんだが、どこかで見失うかもしれない。そのうちあの男は家に帰るだろうから、見張っていてくれないか」

「そんなことしないでも、いつかは帰るぞ」私は指摘する。

「家に入られると、様子が分からない。外にいる時に、できるだけ観察したいからな。ジョー、気になることがないかチェックしてほしい」

「了解。暇《ひま》だからいいぜ」ジョーはくるっと後ろを向くと、地面に鼻を近づけ、くんくんと戻っていく。

私たちは足を速め、先へ急ぐ。大通りに出た。「車で出かけられたら困ったけれど、徒歩なら」とポチが言った。が、その時にはちょうど、男は手を挙げ、タクシーを止めようとしていた。

「まずいぞ」

私たちはさらに足を速め、歩道から車道に駆け寄る。通りかかった自転車が私とぶつかりかけたが、間一髪《かんいっぱつ》、衝突《しょうとつ》は免《まぬか》れた。ハンドルを握る女性に謝るが、あちらにはただ吠《ほ》えているようにしか聞こえなかっただろう。

タクシーがウィンカーを光らせ、寄ってくる。どうするべきか、と思ったところ、ポチは、「来い」と勇《いさ》ましい声を発し、後方の路肩《ろかた》に停車中の車に近寄っていく。ピックアップトラックで広い荷台がついている。まさに今、運転席に人が乗り込んだところだった。私は必死に地面を蹴り、車に駆け寄る。エンジンがかかり、ゆっくりと車が動きはじめたところで、どうにか間に合い、私は荷台に飛び乗った。ポチも同時だった。

男を乗せたタクシーも発車している。

「ポチ、この車はあのタクシーと同じ場所に行くのか?」

「まさか。そんなうまいこと行くわけがない」

「じゃあ、どうする」

「分からない」

ポチは正直に、あっさりと打ち明ける。その潔《いさぎよ》さには感心するが、困るのも事実だ。とにかく、タクシーが進むのと同じ道を行く限りは問題がないだろう、と判断し、私たちは運転席のバックミラーに姿が映らぬように、と体を平たくしながら、それでも前方の車の行方《ゆくえ》からは目を離さない、という難度の高い行動を取っていた。

やがてタクシーは速度を落とし、左ウィンカーを点滅させる。左側を見れば、ホームセンターの広々とした駐車場があった。「ここか」「そうだね」もちろん、私たちの乗っているピックアップトラックもその店に入っていくような、都合の良いことは起こらない。もとより期待していなかった。走行中は私たちも降りられないため、店の位置を頭に入れるほかない。幸いなことに直線方向にしばらく進んだところで、赤信号にぶつかる。ピックアップトラックがブレーキを踏み、停車したところで私たちは荷台から飛び降りた。すぐ後ろには、ミニバンが停車しており、助手席の子供が目を丸くし、私たちを眺めている。

「ホームセンターだ」ポチが走りながら、言ってくる。「店内で買い物をするなら、すぐにいなくなることはないだろう」

広々とした敷地に、ホームセンターの建物はあった。ペットショップが隣接されていたのは好都合だった。綱なしの犬、私たちに驚いた人間も、隣のペットショップと関係があるのかも、と勝手に推察する可能性がある。真実かどうかは別にし、何らかの理由が分かれば、人というものは安心するものだ。

「中には入れないから、外で待ってるか」ポチは言う。

「ちなみに帰りはどうするんだ」また荷台のついた車が通りかかるとは思いにくい。

「道と方角は分かる。そうだろ？　歩いて帰れる」

言われてみればそうなのだが、簡単なこととも思いにくかった。反対しなかったとはいえ、面倒なことに付き合ってしまった、と後悔が過《よぎ》る。

ホームセンターの入り口には人がたくさん集まっており、騒々しかった。うるささの原因は犬の声であるため、私とポチは慌てて、足の回転を速くしたのだが、だんだんと見えてきたのは、首輪をつけられたチワワが、綱が千切《ちぎ》れんばかりに体を伸ばし、人に飛びかからんとしているところだった。きゃんきゃん、と甲高《かんだか》い声があたりに響く。「おい」とポチが言ってくる前に、私も気がついた。襲いかかられているのは、あの男だ。突然のチワワの怒りに驚いたのか、尻餅《しりもち》をつく恰好になっていた。まわりの客や店員が、男の手を取り、起こしていている。その間もチワワが吠え続ける。

男は顔を赤くしたものの、チワワを避けるようにし、店内に消えた。

私たちは、チワワの近くに行くと挨拶《あいさつ》をする。何だよおまえたちは、と言わんばかりの攻撃的な態度全開であるため、「落ち着け、落ち着け」とポチが必死に宥《なだ》めた。「おまえ、いつもそうなのか？」

「馬鹿な！」チワワは歯茎《はぐき》を剝《む》き出しにするため、せっかくの愛らしい顔つきが崩れる。「僕はいつだって、室内でおとなしくて、まわりの雰囲気を第一に考える犬だ」

わたくしは自慢が嫌いな人間で、と称する人間ほど自慢話にこだわることが多いように、犬においても、自らそう言い切る者は、自分の性格を反対に捉《とら》えていることが多い。が、とにかくチワワは、今の自分の興奮は特別なものだ、と主張した。

「もしかすると君は、あの男に恨《うら》みが？」まさかね、と思いながら、私はそうぶつけてみる。

「恨みどころじゃないよ」チワワは弾丸となり、私に激突するかのような勢いを見せた。「絶対許さないからな、あいつだけは」

「今の君の話じゃないんだろ?」ポチが言う。「昔、今の君に生まれ変わる前の記憶の話じゃないのかい」

チワワはそのぎょろりとした瞳をますます見開くようにし、口の強張《こわば》りを緩《ゆる》めた。私たちを交互に眺め、尻尾をぴろぴろと振り回した。「あいつだけは絶対に許さない。僕の大事な友人を追い込んで、死なせた。殺したようなものだ」

◇

チワワが言った、僕の友人、とは当時の飼い主であった若者のことらしかった。祖父と彼、そしてチワワで、と言ってもその時のチワワは犬種が違っていたようだが便宜《べんぎ》上、ここはチワワとしか言えないのだが、彼らは貧しいながらも楽しく暮らしていた。若者は牛乳配達をはじめとするいくつかのバイトをしながら生計を支え、高校に通い、絵の勉強をしながら、いつかは画家になりたいと思っていたのだという。美大を目指していた、と。

「あんなに性格の良い、うらおもてのない人物なのに、学校はもとよりその外でも、ほとんど誰も相手にしてくれなかった」

「どうして」

「あの男が手を回していたんだ。県議会議員だか市議会議員だか、国会議員だったかもしれないが、僕の一家と付き合ってはいけないと噂《うわさ》を流して」

「どうしてまた」

「あの男の娘がね、僕の友人、彼と仲が良かったんだ。唯一の友達で、幼馴染《おさななじ》みだった。それが許せなかったんだろう。僕の友人、飼い主の彼は、外見と性格は良いけれど、家柄としてはまったく誇るべきものがなかった。貧しくて、服もたいてい同じものを着まわしているだけで。しかも、本当に画家になったとしても生活できるかどうかは疑わしい。父親として不安に感じるのは責めないけれど、ただ、やり方がひどかった」

「どんな風にだい」

「町で、大きな倉庫が燃えたんだ。結果的にそれは、警備員が煙草《たばこ》をポイ捨てしたからなんだけれど、そうは誰も思わなかった。その警備員が、彼が放火したようだ、と嘘をついたんだ」

「彼、というのは、君の飼い主の？」

「そうだよ。その噂を利用したのがあの男だよ。それからは町には住めないくらい、ひどいデマが流された。おまけにそれと前後して、おじいさんがインフルエンザに罹《かか》ってね。年だったせいもあるけれど、治らずに亡くなってしまった」

「あらら」私とポチはしんみりとしながら、話を聞いた。

「ワクチン代を節約するために、予防接種を受けていなかったからだ」チワワは、そうに決まってる、と断定口調で言った。「彼がバイトをしようとしても、あの男のデマのせいで、どこも雇《やと》ってくれないんだ。お金は尽きて、どこからかお金を借りたけれど、返すこともできずに家も失った。彼は、せめて僕だけでも平和に生きてほしい、と遠い親戚に僕を預けようとした。もちろん、僕は新しい飼い主なんて、ごめんだった。すぐに抜け出して、彼と一緒にいることにしたんだ」

「それで、どうなったんだい?」

「彼はやつれて、唯一の望みを懸《か》けていた、絵のコンクールでも落選して、希望を失ったんだ。僕を連れて、寒い冬の町で寝起きしていたのが、ある時、高熱を出して」

「やっぱり、インフルエンザ？」

「調べることもできなくて。熱のせいで、ぼうっとしたのかもしれないけれど、僕に何度も謝って。食べ物を用意できなくてごめんよ、寒くてごめんよ、と」

私は話を聞きながら、胸が締め付けられていた。聞いている限りでは、その若者も何らかの制度を利用すれば、その困窮《こんきゅう》した状態からはさすがに抜け出せたのではないか、と思うところはあったが、チワワの口ぶりに熱がこもっていたせいか、ぐぐっと気持ちを持って行かれ、心穏《こころおだ》やかではいられなかった。横にいるポチも同じだったに違いない。

「最後に、彼はね、あの男の家に行って、許してもらおうとしたんだ。ごめんなさい、と。まったくもって、謝る必要なんてないのに！　ただ、あの男は、汚い恰好で臭い！　と罵《ののし》って、僕たちを追い払った」

「何てやつだ！」

「あの男の家を出るとすごい雪でね、地面が真っ白で、歩こうとすると膝《ひざ》近くまで足が埋まるような状況だった。僕たちはそれでも歩いて、移動した。途中で、彼が言ったんだ。美術館に寄って行こう、と。常設展は安い金額で観《み》られるのだけれど、そこに彼の好きな絵が飾ってあるんだ。それで僕たちは、雪の中、美術館に入ってね、その絵の前に辿《たど》り着いた。暖房が効いているせいか、外との温度差もあって、僕も彼も急に睡魔《すいま》に襲われてね。いつの間にかそこで横になったんだ。彼がそこで、もう疲れたよ、何だか眠いや、と呟いたのが今も耳に残っていて。それが結局、僕たちの最期《さいご》だったんだ」

そこまで聞いた私とポチは、悲しみによって胸を貫かれ、うおんうおん、と声にならぬ声を上げ、噎《む》せそうになった。美術館にどうして犬が入れたのか、であるとか、風邪を悪化させていた彼はまだしもチワワまでどうして死を迎えてしまったのか、であるとか疑問はなくもなかったが、些末《さまつ》なことにしか思えなかった。

「それがすべてあの男のせいなのか」と怒りが全身を駆ける。

「あの男を見た瞬間、僕は全部を思い出したんだ」チワワの大きな瞳には、憎しみの炎が揺らいでいる。「あの時の議員こそが、今の男だ」

そこで私たちは事情を説明することにした。あの男は、君だけの敵ではなく、ポチや私にとっても昔、それを前世と呼ぶのが正しいのかどうかは分からぬが、過去に因縁《いんねん》があったのだ、と。怪しんで、追跡してきたところ、このホームセンターまで来たことも話した。

「タクシーをどうやって追ったんだ」

「ピックアップトラックの荷台にね」

ひゅう、とチワワが口笛を吹くような真似《まね》をした。「やるなあ」

「まあね」

「よし、僕も君たちと力を合わせて」チワワは力強く、うなずいた。が、そこで、「お待たせ、メロンちゃん」と猫なで声が聞こえてきて、誰かと思えば店内から化粧《けしょう》の濃い、年齢不詳《ふしょう》の女性が出てきて、チワワの綱をつかんだ。「さあ、お隣でペットフードを買って、帰りましょうね」

チワワは引き摺《ず》られる形で、遠ざかっていくが、精一杯こちらを振り向き、「僕もあの男に!」「チームに入れてくれ」と呼びかけるのだが、結局、そのまいなくなってしまった。

私とポチは顔を見合わせ、仕方がない、と言い合った。そうこうしているうちに、男が店から出てきた。大きなビニール袋を持っており、大きな鋸《のこぎり》らしきものが飛び出している。ぐるぐるに巻かれたロープもあった。

「おい、ムサシ、こいつは戦闘準備を整えているのかもしれないな」

「つまり、こっちの存在に気づいているということかい」私は血の気《け》が引き、尻尾が萎《しお》れてしまう。今すぐにでも男が武器で殴《なぐ》りかかってきてもおかしくはないと感じたからだ。が、そのそぶりはなかった。男は大通りまで出ると、タクシーを呼び止める。

覚悟《かくご》していた通り、ただ乗りできるような車を見つけることはできず、街の風景と太陽の位置を確かめながら、もちろん臭いも重要な道標《みちしるべ》になるのだけれど、できる限り速度を上げ、来た道を戻った。

街に辿り着いた時には、すでに日が暮れはじめていた。

早くあの男の家に、といそいそと戻っていけば、窓がカーテンで塞《ふさ》がれ、その隙間から少し明かりが見える。すでに帰宅していた。タクシーでまっすぐに帰ってきたのだろうか。

男の家を眺めながら舌を出していると、「おい」と陰からジョーが現れた。

「いてくれたのか」

「そりゃそうだ。頼まれ事を請《う》け負ったからにはちゃんとやらないとな」ジョーは凜々《りり》しく答える。「あいつは一時間くらい前に帰ってきたぜ」

「タクシーで？」「いや、歩いてだ」「大通りで降りてきたんだな。ホームセンターで買い物をしてきた」

「ブラシだとか、大掃除《おおそうじ》でもするつもりなのか?」ジョーも買い物袋の中身を気にかけてくれたらしい。

「ありがとう。ジョー、あとは俺たちが見ているから、帰ってくれ。いや、ムサシ、おまえもそろそろ帰らないとまずいよな」

確かに、庭から抜け出してきてからずいぶん時間が経つ。昔であれば、飼い主一家が、とくに長男の彼が、「ムサシ、ムサシ」と名前を呼びながら探しに来てくれたに違いない。が、今や彼らも思春期のあれやこれやで忙しい。私がいなくとも、さほど気にしない。ばかりか、いなくなって、身軽になったと感じる可能性も否定できない。

「俺は帰らない」そこで力強く、鋭い言い方をしたのは、ジョーだった。「もともと帰る家もないが」

「居酒屋があるじゃないか」

短い毛がいっそう引き締まるように、ジョーはきりっとした。「ずっとここで待っていたんだけどな、あの男が向こうから歩いてくるのを見た瞬間、俺の体に電気が走った」

「まさか」私は思わず言っている。

「過去を思い出したのか？」とポチもさすがに、うんざりした様子を浮かべた。

ジョーはうなずいた。「俺はあの時も、ずっと待っていた」

◇

飼い主であるところの大学教授は、俺をずいぶん可愛がってくれた。俺は、彼が出勤するのを玄関まで見送って、時には、最寄りの渋谷駅まで行った。迎えにもね。それがある時、教授が脳溢血《のういっけつ》で亡くなってしまったんだ。俺は飼い主を失って、別の家に引き取られた。そこでも良くはしてもらったんだが、俺はどうしても大学教授のことが忘れられず、というよりも、心のどこかで彼がまだ生きていて、俺が迎えに来るのを待っているんじゃないか、と思ってさ、だから、渋谷駅に頻繁《ひんぱん》に行って、彼が帰ってくるのを。

「はい、そこまで」ポチが話を遮るように、言った。「分かった分かった」

「分かった、って何がだ」ジョーは不服そうに鼻をひくつかせる。「これは俺が初めて喋る、俺ですら今、思い出したばかりの、特別な話だ」

「似た話を知ってるんだ」私は、相手の自尊心を傷つけぬように気を配りながら、言う。まさか、君の喋ったのと似たことをした犬が銅像になってる、とまでは教えにくい。が、そこで私はひとつ大事なことに気づく。「今の話には、あの男が登場していないよ」

「確かにそうだ」とポチも言う。「大学教授の死と関係しているのか？」

ジョーはかぶりを振る。合わせて、尻尾も左右に揺れた。「そうではない。ただ、渋谷の駅前に何日も通っているうちに、あの男もずっとそこにいることに気づいたんだ」

駅のベンチに座り、男は前を行き交う者たちをじっと眺めている。漫然と眺めているのか、もしくは人間観察でもしているのか、とはじめは気に留めていなかったが、その目つきがまさに、獲物を探す動物、投げられたボールを追跡する際の犬のようであることに気づいた。視線に、噛みつきたい欲望が宿っている。

「その男は良からぬことを考えていると思った。だから、向き合って、じっと睨んでいたんだが、そうしたところ、あっちも俺の存在に気づいた。睨んで、念を送ってきやがった」

「念？」私は聞き返してしまう。

「念を押す、とかそういう意味ではないよな」と言ったのはポチだ。

「思念による、攻撃だ」ジョーの顔は真顔《まがお》だった。「俺の飼い主の教授は、大学で、脳の研究をしていた。神経伝達、神経信号の分析を行って、神経科学と言うのかな、信号受容体の基盤の開発もしていた。だから、俺にはそれが」

「埋め込まれていた、とか言うなよ」

「埋め込まれていたんだよ」

ジョーは嘘を口にしているようには見えず、そもそも、そこで嘘を述べる理由もない。が、一方で、ジョーが思い出した、その過去の記憶が現実離れしているのも事実だった。いや、と私はさらに思い直す。ポチや私の記憶の場面も相当に奇妙ではあった。

「あの男は、後で分かるんだが、いやその時の俺には分からないままだったけどな、女を誘拐しては監禁し、乱暴している犯罪者だったんだ。渋谷の駅前で、その獲物を物色《ぶっしょく》していたわけだ。で」ジョーはまだ続ける。「お互いに睨み合っていると、あいつの見えない手が首を押さえてくるようで、急に息ができなくなった」

　そのため、俺は死んだ。

　ジョーが神妙な面持《おもも》ちでそう言うと、私とポチもしんみりしてしまう。やはり、誰のどんな話であろうと、死の話題は絶望的な悲しみと恐怖を纏《まと》っている。

「あ、ところで一つ俺からの疑問なんだが」ジョーが急に、がらっと声を変える。

「何だい」

「あいつは何で、ホームセンターに行くのに自分の車じゃなくてタクシーを使ったんだ？」

　私は建物のガレージを見た。クラウンが停まったままだ。「壊れているのかな」

「だったら修理に早く出すべきだろうに」

「確かにそうだな」とポチは、「考えるより先に確かめろ！」の精神でとことこと歩き、敷地に入ると体を持ち上げ、クラウンに寄りかかるようにした。

　私とジョーも続く。「どうだい？　ガソリンが少なかったりするのかな」

「どうだろうか」ポチは言いかけたところで、「これは」と後部トランクの、バンパー近くに鼻を近づけはじめる。私も鼻に神経を集中させる。血の臭いだ、とは分かった。嗅ぎながら、その臭いの濃淡《のうたん》を捉え、顔を動かしていくとボディに血痕《けっこん》がついている。拭《ふ》き取った痕《あと》はあるが、わずかに拭《ぬぐ》い忘れたものが残っていた。人間の眼はごまかせても、私たちの鼻はごまかせない。

「誰かを撥《は》ねたとか？」ポチが私に目をやった。

「怪我人《けがにん》を運んだとか」私はジョーを見つめる。

「とにかく怪しいぞ！」ジョーが唸《うな》りはじめた。

おい、どうするつもりだ。ポチが呼びかけた時には、ジョーはその場から駆けていて、敷地を飛び出すものだからどうするのかと思えば、門柱のところに抱きつく恰好で、ぶつかった。インターフォンを押したのだと、遅れて、分かる。

「もう、悠長《ゆうちょう》なことは言ってられない。あいつが出てきたら、勝負だ」ジョーは興奮し、その場で円を描くようにぐるぐると回る。いくさ前の鬨《とき》の声を上げ、士気を高めるダンスを踊《おど》るかのようだ。

私は、ためらう余裕もない。「え、勝負？」とおろおろしながら、玄関の様子を窺《うかが》う。

ちっ、仕方がねえな、とポチは強制出航の船に乗り込んだかのような覚悟を滲《にじ》ませ、言う。

玄関が開いた。男が姿を現した。体格は良く、腕が丸太のように太い。卵形の輪郭《りんかく》の顔に、真っ黒の眼がついている。機嫌の分からぬ無表情のまま、門のところまで出てくると、来訪者はどこだ、とばかりに顔を左右に振った。

私とポチはガレージ側、男の死角にいた。彼は乱暴に出てきたため、ドアは開きっぱなしであり、ポチはそれを見逃《みのが》さなかった。「血の臭いが家の中につづいてる！」と跳《は》ねるようにして家の玄関に向かい、私も慌てて続くがその際に、小さく声を発してしまう。男が気づき、振り返る。よくは見えなかったが、恐ろしい形相《ぎょうそう》をしているように私は感じ、一瞬、足が竦《すく》んだ。

男の悲鳴がした。ジョーが飛びかかったのだ。時間稼ぎをしてくれている間に、私も家の中に飛び込む。

さまざまな臭いが鼻に飛び込んできた。家のあちらこちらに漂う男の臭いは、私に不愉快な刺激を与えてくる。やはり、この男は何かある。一般的な人間は年を取るに連れ、独特の、私たちにしか感知できぬ臭いを発散するようになるのだが、つまりそれは臭いにおける年輪に近いのだが、男のそれは、今までに遭遇《そうぐう》したことのないほどの濃密なものだった。何歳なのだ？

ポチが先に階段を上がった。土足というべきか、土を踏んだ素足《はだし》のままであったから床は汚れていたが、気にかけてはいられない。

「こっちだ」ポチは、別の人間の臭いを辿っている。この家には、あの男以外の臭いがいくつかある。おそらくは建売業者や職人のものが大半だ。が、一つ、私には馴染みのある臭いが、微《かす》かにではあるが嗅ぎ取ることができた。

はっとし、私は階段を駆け上がる。

階下では、家の中に男が戻ってきた音がした。雄叫《おたけ》びのようなものが響き渡り、乱暴な足音が鳴る。喚《わめ》きながら近づいてくるのが分かる。あの男が二階に辿り着いた、と分かった瞬間、私は背中の毛が逆立つような寒々とした恐怖を覚えるが、同時に、ノブが動き、ドアに隙間ができた。

体当たりをするようにし、中へ飛び込む。

目に飛び込んできたのは、血だらけのまま体をロープでぐるぐる巻きにされた男だった。背広を着ており、私にはそれが、私の飼い主一家、その大黒柱の彼であると分かった。やっぱり！　この家に足を踏み入れた時から、わずかではあるが彼の臭いが筋《すじ》を作っていた。「おい」とポチが呼びかけるが、無反応だ。私は焦《あせ》って、「大丈夫?」と言うが返事はない。焦りが、私の全身を貫く。ただ、命を失った生き物特有のあの物悲しい気配はなく、そのことには安《あん》堵《ど》した。

声にならぬ声とともに男が後ろから、私たちにつかみかかってくる。手には金属バットを持っていた。

「決着を」ポチが身を翻《ひるがえ》しながら、叫ぶ。

「つけてやろうじゃないか」私も言った。あの森の中の別荘での闘いを思い出す。犬種こそ変わったものの、また喉元《のどもと》に歯を突き刺してやる。足には震《ふる》えがあったが、私も覚悟を決める。

おそらく、うちのご主人は、この男にどこかで絡《から》まれ、怪我を負ったのではないか? 男は腹いせなのか、隠匿《いんとく》のためなのか、ご主人を連れて、この部屋に監禁したのだろう。明らかに体調は悪そうで、どこかの骨も折れているのではないか。

男が振り回したバットが硝子を割った。カーテンが風で吹き流しよろしく、宙を撫《な》でまわし、なびく。

私は咄嗟《とっさ》に窓の近くの棚に飛び乗り、割れた窓から、外を見やった。すると、ジョーが倒れているのが目に入る。大丈夫か！　と吠えるが返事はない。このあたりで私は完全に冷静さを失った。

この男を放っておいてはいけない。

その一心で、私は飛びかかった。が、すぐに太い腕で払い落とされ、壁に叩《たた》きつけられる。痛みよりも全身を襲う振動で、頭の中が一瞬、空になる。さらに床に落ち、体勢を立て直そうとした直後に、バットで後ろ足を殴られた。激痛で足が折れたのではないかとそのことが怖いが、確認もできない。

「ムサシ！」とポチが心配の声を上げる。が、男のバットが今度はポチを襲ったようで、呻《うめ》き声が聞こえた。

これでは全員、やられてしまう。もしかするとこの男は、私たちとの過去の因縁をいっぺんに晴らすためにここに現れたのではないか？　私は痛みで朦朧《もうろう》とする頭の中でそう考えている。

ポチ、と名前を呼んだが、返事がない。そもそも、私の声が出ていなかったのか。

目を開けると男が立っていた。こちらを見下ろし、両手で構えたバットを斜めに振り上げている。あれであと一発、頭を殴られればさすがに、おしまいかもしれない。また別の時代に別の犬種として生まれ、その時も男はまだのうのうと生きているのだろうか。

悔しさと憤《いきどお》りが腹からこみ上げ、私は最後の叫びよろしく、鳴き声を発した。

男の表情が罅割《ひびわ》れ、嗜虐《しぎゃく》的な笑《え》みを顔の下半分にだけ浮かべた。

あの、ロバや猫、鶏との生活が頭をよぎる。あの別荘地で、歌い、置かれていたピアノを演奏し、暮らした。あれはあれで幸せであった。そして、今の飼い主たちの姿が頭に浮かぶ。楽しい思い出ばかりだ。

その時、男の背後のドアから人影が見えた。

「何してんだ」とその人影は若い声を出し、男にタックルを食らわした。部屋の中がますます混沌《こんとん》とし、荷物があちこちへ転がり、置かれていた段ボールが崩れる。

入ってきた若者がそこで、「大丈夫か、ムサシ」と言うのが聞こえたあたりで、私の意識が遠のく。「あ、おやじじゃないか。どうしてこんなところに！」と彼は、父親に駆け寄ったようだ。

◇

我が家の長男たる彼は、私を探して町をうろついていてくれたらしい。そこに私の、最後の力を振り絞《しぼ》った声が聞こえ、窓硝子の割れた家を発見する。門扉のところには柴犬のジョーが倒れており、おまけにその窓からは、バットを振り上げる男の姿が見えたものだから、慌てて家に飛び込んできたのだという。

「ムサシ、本当に良かったじゃないか」私の家の前に来たジョーが話しかけてくる。庭の垣根《かきね》越しに向き合っていた。

「まあ、足は骨折していて、しばらくは不自由だけれど」包帯でぐるぐる巻きにされている後ろ足に鼻を向けてみせた。「ジョーのほうこそ無事で何よりだ」

「あいつに思いきり蹴られて、息ができなくなった。もう無理かと思ったけれど、頭の中に、俺を起こす声がして」

「もしかして、昔の、その君を飼っていた教授の声かい?」

いや、とジョーは首を左右に振った。「いや、今の俺を飼ってくれていた、おばあちゃんだ。おばあちゃんが、ジョー頑張れ！　と呼びかけてくれた」

どうだムサシ、といつの間にかポチが現れている。「怪我が治るまでムサシは散歩できないだろうからな、俺のほうから来てやったよ」と恩着せがましく言う。「でも、良かったじゃないか」

「何がだい」

「ムサシの家のみんなは、ムサシが帰ってこなければちゃんと心配してくれた」

「ああ、うん」と私が曖昧《あいまい》に答えたのは、照れ隠しのせいだったが、正式な飼い主のいないジョーのことを気にしたためでもあった。が、内心ではやはり、幸福を覚えていた。長男だけではなく、長女も外を探し回っていてくれたらしい。

大黒柱のご主人が無事に帰ってきたことも良かった。私の想像していた通り、彼は、夫婦喧嘩の後、家を飛び出し、近所の居酒屋で飲んでいたらしいがその帰り道に、あの男の車に撥ねられ、そのまま連れ去られたのだという。あの男が最終的にどうするつもりだったのかははっきりしないが、ホームセンターで購入した日曜大工の道具のことを考えると、恐ろしい想像しか頭に浮かばないのも事実だ。

事件は話題になり、ニュースとして取り上げられた。ご主人は入院中だが、後遺症《こういしょう》などは残らぬようで、みな、ほっとしている。唯一最大の懸念《けねん》は、肝心《かんじん》の犯人、あの男が逃走し、依然《いぜん》として捕まっていないことだ。

「いやあ、それは恐ろしいね」そう言ったのは隣の家の庭にいる、黒のラブラドールレトリバーだ。ふだんは家の中で飼われているのだが、行儀がいいからか、庭に放し飼いにされることもある。体は大きいが俊敏《しゅんびん》で、性格が良く、この町に住む犬の中でも好感度が高い。こちらの話をずっと聞いてくれていたようだ。「でも、羨ましいよ。ムサシもポチも、ジョーも過去にはそんな歴史があったなんて」ラブラドールレトリバーは感じ入るようだ。

「そんなに楽しいものではないよ」ジョーが苦々しく答えた。

そこで、私の家の長男が帰ってきた。高校の授業が終わったのだろうか、と思っていると、井戸端《いどばた》会議中の私たちの近くに来た。そして、「誰か」と言った。

犬に話しかけるだなんて、と私は驚いた。正気か？　と訊ねそうになる。ポチとジョーも動揺していた。

「誰か手伝ってくれないか」

私たちはきょとんとするほかない。

長男は続ける。「あの男の居場所が分かった。おやじとムサシがやられて、このままで済ますわけにはいかない。たぶん、あの男はふつうじゃないんだ」

その通り！　通常の人間とは違っているはずだ。私はそう伝えたくて仕方がない。

「今から退治《たいじ》に行こうと思う。誰か、サポートのためについてきてくれないか。ムサシは怪我をしているから、無理だろうけど、誰か。もし、ついてきてくれるなら」長男は落ち着き払ったままで、ポケットに手を入れたかと思うと中から、小さな包みを取り出す。「この団子《だんご》をやるよ」

お互いの顔を見合わせた後で、私たちはいっせいに、隣の庭に視線を向けた。

ラブラドールレトリバーの彼が美しい跳躍を見せ、垣根を飛び越え、外に着地したのはその直後だ。「僕が行こう」

たぶん、団子はあと二つある。

海に吠える

犬崎梢

今でも小皿に醤油《しようゆ》を注《そそ》ぐとき、ふとよぎる想い出がある。

見上げるほど大きな円柱形のサイロ、仕込蔵《しこみぐら》に並んだ「もろみ」のタンク、中に入って記念写真を撮《と》った木の樽《たる》、黒蜜《くろみつ》醤油味のソフトクリーム。

脳内に荒々しい波音も聞こえてくる。犬の鳴き声がかぶさる。潮風にあおられ、髪はぼさぼさだ。運動靴《ぐつ》は砂だらけ。気にせず力いっぱい走り出す。

まだ小学生だった頃、ぼくは父の仕事の都合で、千葉県の海寄りの町に引っ越した。

＊　＊　＊

そこは全国でも有数の水揚《みずあ》げを誇る漁港と、醤油造りで有名な町だった。突端《とったん》の岬《みさき》には白い灯台がぽつんと建ち、日本で一番早い日の出が見られるというキャッチフレーズがついていた。漁港や醤油はともかく、日の出の意味はわからなかったが、要するに日本列島の中でもっとも東に突き出た場所らしい。

千葉県と聞いたときは、東京の隣、なーんだ、近くじゃないかと思ったが、地図を開くなりぼくは少なからず落ち込んだ。引っ越し当日は、父の運転する車が川をひとつ渡るたびに背の高いビル群が遠ざかる。家の密集度がやわらぎ田畑が増えるにつれ、ぼくの口数は減っていった。

千葉市を過ぎてから内陸に入り、再び海を見たときは、その上を覆《おお》う空の広がりに呆然《ぼうぜん》とした。美しいと思えればよかったのに、何もないがらんどうの、空虚な眺めとしかぼくの目には映らなかった。

引っ越し先の住まいは犬吠埼《いぬぼうさき》の近く、外川《とかわ》という漁師町だった。狭い路地を行ったり来たりして、曲がり角で車体がこすりそうになるのをはらはらしながらたどり着くと、一足先に出たトラックが空き地に駐《と》まっていた。車から降りれば、魚屋の前を通りかかったような生臭《なまぐさ》い匂《にお》いがする。大家《おおや》さんが鍵《かぎ》を開けてくれたそうで、荷物の運び込みが始まっていた。

父とぼくの新しい住まいは、上下階に二世帯ずつ入ったアパートの一室だ。業者の人は荷物を入れるとすぐに帰ってしまい、それからは父とぼくのふたりで、黙々と段ボール箱を片づけた。暗くなると父がコンビニまで出かけ、弁当を買ってきてくれた。まわりに店屋はほとんどなかったが、車で五分のところにコンビニがあるのは心強かった。

翌日の朝食も昼食もコンビニ弁当を食べ、「心強い」が「強すぎる」になってしまう頃、ようやく米が炊《た》かれ、父はカレーライスを作った。

じゃが芋《いも》と人参《にんじん》とタマネギと肉を適当に切って煮込み、カレーのルーを入れればカレー、クリームシチューの素《もと》を入れればシチュー、砂糖と醬油を入れれば肉じゃがと、笑顔で蘊蓄《うんちく》を垂れる。ぼくは他のメニューの心配をしたが、じゃが芋と一緒に飲み込んだ。

土日はそんなふうに過ぎ、月曜日からはお互い、新しい生活が始まる。小学校は地元の公立でアパートから歩いて十分ほど。初日だけは父も来てくれたが、職員室の前で先生たちに挨拶《あいさつ》すると、すぐさま新しい勤務先に向かった。

ぼくは担任の先生に連れられ、六年二組の教室に入った。

「平山史彰《ふみあき》くん」と書かれた黒板の前に立ち、よろしくお願いしますと頭を下げる。テレビドラマで何度も見かけたシーンだ。少しだけ俳優になった気分を味わう。引っ越しも転校も初めての経験だった。

休み時間になると人なつこそうな男の子数人に話しかけられ、東京のどこにいたのかと聞かれた。港区と答えると、ふーんと気のない声が返ってくる。

「テレビで見るような芸能人っていた?」

「クラスに?」

「うん」

「モデルをやってる女の子はいたけど」

すごーいと手を叩《たた》くようにしてはしゃぐ。

「写真、持ってる？　その子の写真」

「遠足の写真とかはあったかな。でも、今は持ってない」

越してきた場所も聞かれたが、土地勘がまったくないのでうまく答えられない。アパートだよと言うと驚かれた。アパートなんてあったっけ。見たことないし、入ったことないそうだ。ぼくも同じ。

「きょうだいは？」

「いるよ。妹がひとり」

「え？　小学生なら今日、転校してきたの？　何年生？」

作り笑いが、このときだけは固まりそうだった。妹の麻莉香《まりか》は都内にある私立小学校に通っているので、ついてこなかった。母もだ。ぼくはぼくで中学受験に向け、夏休みも集中講座や強化合宿といった塾のイベントに明け暮れた。秋になり、やっと模試の判定で志望校の合格圏内に入れたのに、すべてが無駄《むだ》になった。

「まだ来てなくて、もうちょっとあとになりそうなんだ。しばらくはお父さんとのふたり暮らし」

「へえ。お母さんはいないの？」

「妹とあとから来るよ」

転校一日目はそんなふうに、緊張しながらもトラブルなく穏《おだ》やかに過ぎた。二日目も三日目も似たようなものだ。話しかけられたら応じ、そうでなければぼんやりしている。静かでおとなしいやつと思われ、多少は勉強ができるとわかってもそれがプラスにもマイナスにもならず、海に投げ込まれた一匹の魚のようにぼくは新しい環境にまぎれた。

父は新しい職場で歓迎会を開いてもらったらしく、その日は酔っ払ってタクシーで帰ってきたが、あとは車で出勤し、買い物などをすませて帰ってくる。カレーや肉じゃがの他、野菜炒《いた》めのバリエーションも披露《ひろう》してもらった。台所が狭いので、おかずはメインがひとつ。味噌汁《みそしる》はあったりなかったり。もう一品のサラダなどは出来合いだ。後片づけはぼくも手伝う。風呂場の掃除《そうじ》は交替で、布団《ふとん》は先に寝る方が敷き、遅く起きる方があげる。洗濯《せんたく》は溜《た》まったらする。

アパートの二階なので、洗濯物は軒先《のきさき》にぶら下げるとよく乾いた。バスタオルなどの大物は竿《さお》にかける。強風に煽《あお》られ、吹き飛ばされることもあった。

母がいればと、つい思ってしまう。開けっ放しの窓から雨が降り込み、雑誌も洋服も畳《たたみ》もびしょ濡れになったときは、特に。父の帰りが遅くなり、カップラーメンで夕飯を済ませたときも。風呂のガスを消し忘れ、湯がぐらぐらに煮立ってしまったときも。


同じクラスの男子がアパートを訪ねてきたのは、転校して二週間が過ぎる頃だった。土曜日の十一時近くだったと思う。金曜日の放課後、教室でぼくのノートを拾ったという。

「国語の宿題、出てただろ？　ないと困るんじゃないかと思って」

佐丸《さまる》という名の、ひょろりとした長身の男子だ。顔もほっそりして顎《あご》は尖《とが》っている。目は普通サイズなので、顔の細さに比べて大きく感じる。それを見開いたり細めたり、表情豊かに動かし、しゃべりも面白い。クラスの中心的人物とまではいかないが、友だちは多い方だろう。いつも仲のいい子たちとじゃれ合い、楽しそうにしていた。

ぼくも何度となく話しかけられていたので、国語のノートを受け取り、素直《すなお》にありがとうと言った。

「今、何してた？」

「別に。ゲームとか」

「暇だったら、遊ばない？」

笑顔で言われ、とっさに返事に詰まる。なんとなく振り返ったけれど、部屋には誰もいない。当直が始まり、父はまだ帰っていなかった。テーブルの上にはカップ麺《めん》や菓子パンがちらばり、襖《ふすま》の向こうの六畳《じょう》間《ま》には布団が敷きっぱなしだ。襖は半開き状態なので、玄関にいるとほぼ丸見え。さっき脱いだばかりのパジャマが、だらしなく床に伸びていた。

「外に出ようよ」

佐丸は快活に言った。うなずくぼくを見て、階段を下りていった。ぼくは鍵をつかみ、あわただしくスニーカーに足を突っ込んだ。

見られたくなかったものを見られた気恥ずかしさを押しやって考える。遊びってなんだろう。このあたりの小学生は休みの日に何をしてるのだろう。このあたりでなくとも、ぼくにはわからなかったのかもしれない。それまでは放課後も休日も塾がほとんどの時間を占《し》めていた。勉強ばかりとは言わない。塾への行き帰りの時間はあるし、買い食いしながら友だちとしゃべる時間もあった。はまっていたゲームもあるし、漫画も読んでいた。

ただあらためて、塾や模擬テストの時間を気にせず遊ぶとなると、何があるのだろうと首をひねってしまう。

佐丸は海ではなく、丘の方角へと歩き始めた。坂道を登ることになる。

「どこに行くの？」

「展望台、もう行った？」

「ううん」

丘の上にはその名もずばり、「地球の丸く見える丘展望館」がある。アパートから徒歩圏だが、土日は荷物の片づけや掃除洗濯であっという間に過ぎてしまう。平日にひとりで出かける気にはならなかった。

「犬吠埼の灯台にも行ってない？」

「うん」

「マリンパークにも？　水族館だよ。灯台に行く途中にある」

「まだだよ」

「ヤマサ醤油やヒゲタ醤油の工場見学もまだだね」

笑うしかない。苦笑《にがわら》いってやつ。

「お父さんの仕事の都合でこっちに来たんだろ。見ないうちに、どっかに行っちゃうんじゃないの？　せっかくだからあちこち遊びに行けばいいのに」

「どっかって？」

「もしかして、長くはいないのかと思って」

観光名所を次々にあげるところは子どもっぽいのに、いきなり鋭いことを言う。

「長いよ。何年になるのかはわからないけど、しばらくいるよ」

「じゃあ中学はここ？　公立でいいの？」

進学塾に通っていた話はしたかもしれない。山のてっぺんが見えてきた。最後の急斜面にふたりの息が弾《はず》む。

「地球の丸く見える丘展望館」は三階建ての建物だ。土曜日のせいもあるのか、観光客の姿が目に付く。佐丸に誘われ中に入り、エレベーターで三階まで上がった。そこからさらに階段を上り、屋上に出る。

子どもの足でも登れるくらいの小高い丘だけど、周囲に高い建物がないので見晴らしがいい。それもほとんどが海。水平線がぐるりと眺められる。

北には銚子《ちょうし》の市街。父の勤務先もそこにある。利根川《とねがわ》が注ぎ込む銚子港があり、船がいくつも浮かんでいる。そこから東に伸びる君ケ浜《きみがはま》。突端に犬吠埼灯台。南に長崎鼻《ながさきはな》というもうひとつの灯台。長崎鼻の付け根に外川の漁港と、それを臨《のぞ》む斜面に住宅街がある。西には断崖絶壁《だんがいぜっぺき》の続く屏風ケ浦《びょうぶがうら》。

「おれも転校生なんだ」

佐丸は手すりにもたれかかり、白い灯台を見ながら言った。

「四年のときに引っ越してきた。その前は津田沼《つだぬま》。知ってる？」

「船橋《ふなばし》のとなりだっけ。親戚《しんせき》の家があるから、船橋なら行ったことがある。次の駅が津田沼だよな」

「さすが。そのとおり」

「やっぱり、お父さんの仕事の都合で？」

「まあね。うちの場合はここ、母ちゃんの地元なんだ。今はじいちゃんちの離れに住んでる」

ぼくは手すりに頬杖《ほおづえ》をつき、空と海が混じり合うところに目をやった。

「同じ千葉県内でも、津田沼からは遠いよな」

船橋駅には高層ビルや大型マンションが建ち並び、駅ビルもデパートもあって、ファストファッションの店だろうが高級ブランド店だろうが豊富に揃《そろ》っていた。映画館やスポーツ施設、イベントホールなどもあるにちがいない。となりの津田沼も大きな街だと聞いた気がする。

「遠いよ。ときどきはじいちゃんちに来てたから、こういうところだとは知ってた。海のすぐそばで、空気はきれいかもしれないけど、一週間もいれば飽きるような漁村。平山は？　前もって、下見とか来た？」

「ううん。引っ越しの日が初めて」

そりゃあ驚いただろうと、くったくなく目尻を下げるので、一緒になって笑ってしまった。

「お母さんと妹は東京なんだろ。平山はなんで来たの？　残りたいと思わなかった？」

「思ったよ。すごく悩んだ。でも、みんなが残れというと、行くって言いたくなるんだよ」

「何それ。天《あま》の邪鬼《じゃく》だっけ」

反対のことばかり言う妖怪だ。

「お父さんはついてきてほしいと言ったよ。だからそこは素直に従った」

「ふーん」

「おかげでコンビニ弁当やカップ麺と仲良くなった。東京にいたときはほとんど食べなかったのに」

「お父さん、料理しないの？」

「するよ。でも間に合わないことも多いんだ。時間がなかったり、材料がなかったり。慣れればもうちょっとレパートリーも増えると思う。父さんだけじゃなく、ぼくも」

ほんとうは慣れるより先に、母に来てほしかった。それを言うと重くなるので、向かいから吹いてくる強い潮風に目を細めた。

「ここが知らない土地でもさ、流れ着いてくるのは平山だけじゃないよ。もう聞いた？　銚子には義経伝説があるんだ」

「源義経？」

「そうそう。兄である頼朝が鎌倉幕府を開いてから、嫌われて、追われる身になるじゃないか。逃げて銚子にまで来るんだよ。しばらく滞在するんだけど、結局みつかって船で東北に向かう」

義経が奥州《おうしゅう》、今で言う東北の藤原氏を頼って北上する話は聞いたことがある。その前に千葉県のはずれまで来ていたのか。

佐丸が手招きするので、南西の方角に移動した。眼下に見えるのが外川の町並みだ。家々の屋根と緑の木立が斜面を埋め尽くしている。

「外川港から西に少し行ったところに『千騎ケ岩《せんきがいわ》』っていうのがあって、義経が千騎の兵と共に立てこもったとされている」

「千? そんなにお供がいたの?」

「伝説だよ、伝説」

けろりとした顔で、軽くかわされてしまう。

「でもってそのとなりにあるのが『犬岩』。義経はここに来たとき、若丸という愛犬を連れていた。けれど奥州に逃げるとき、どうしても船に乗せられず、浜辺に置き去りにしてしまう。若丸は海に向かって七日七晩鳴き続け、八日目に岩になったんだ」

「え?」

「角度によっては、犬みたいに見える岩なんだよ。耳が二本、立っているように見えなくもない」

「ああ、伝説って言ったっけ。つまり、犬の化身《けしん》の岩っていうこと?」

「それだ、それ。義経を恋しがって鳴いたのか、置き去りにされて恨《うら》みがましく鳴いたのか、戻ってこいと言いたかったのか。わからないけど七日七晩だ。根性あるよな」

佐丸はおどけたように肩をすくめてから、南西の方角に移った。

「その若丸の鳴き声が、あそこの岬まで聞こえた。だから犬が吠《ほ》える埼、犬吠埼っていうんだよ」

指を差す先に、ろうそくみたいな白い灯台が建っていた。家々の屋根の先に緑の塊が横たわり、さらにその奥にすっくと一本。

「ほんとかよ」

「何が？」

「今の話だよ。犬吠埼のいわれ。ほんとうに犬の鳴き声から取った名前？」

「そうらしい。けっこう有名なんだってば」

面白いとぼくは素直に口にし、佐丸は白い歯をのぞかせて笑った。

そのあと銚子の観光マップを見ながら、ひととおりの名所旧跡ガイドを聞き、二階の資料室をぐるりと眺めてから丘を下りた。時計を見れば十二時をまわっている。昼はどうするんだろうと思いながら携帯を見ると、父からメールが入っていた。「どこにいる？」「昼飯はどうする？」という、今まさに自分がしたい質問が画面に表示される。

「お父さん？　なんだって？」

「昼ご飯はどうするかって」

「おれ、宮本んち行く。おまえも来いよ」

宮本の顔はすぐに浮かんだ。小柄で歯の出たネズミみたいな男だ。それ以上は思いつかない。家はどこだろう。躊躇《ちゅうちょ》したが、アパートに戻ってもちゃんとした食事は期待できない。「どうする？」と聞いているところからして、インスタントラーメンか、缶詰のミートソーススパゲティか。そんなところだろう。当直明けの父は食べたら寝てしまう。静かにしなくてはならない。

「ぼくも、いいのかな」

卑屈《ひくつ》にならないよう気をつけたけれど、どうしても顔色をうかがうように聞いてしまう。

「ひとり増えてもどうってことないよ」

義経伝説を語るような気楽さで言われ、ぼくはその場でメールの返事を書いて送った。ひとり増えても、ということは他にも集まる人がいるのだろう。誰だろう。坂道を途中まで下りたところで、佐丸は港までは出ずに西へと歩く。だんだん人家が減って、かわりにキャベツ畑が広がる。このあたりで採《と》れた野菜を、そうとは知らずに東京で食べていたのかもしれない。

佐丸が振り返り、「やってる、やってる」と目配せした。

いつの間にか道沿いに長いブロック塀《べい》が伸びている。その内側からにぎやかな声が聞こえてきた。白い煙があがり、焦《こ》げ臭《くさ》い匂《にお》いもする。塀の切れ間にたどり着いて中をのぞくと、宮本の家はやたら庭が広かった。そこでバーベキューみたいなものが始まっている。

見覚えのあるクラスの男子が数人いた。駆け寄る佐丸に気づいて「おおっ」と声をあげる。来るのがわかっていたのだろう。すぐさま親しげに輪の中に招き入れる。そのあとに続くぼくを見ると、みんな目配せし合ったり、にやにやしたり。

「平山も食べるってさ。なあ、平山」

「うん」

伏し目がちに近づいた。こういうときに図々《ずうずう》しくなれる神経の太さが、猛烈にほしくなる。

「遠慮《えんりょ》するなよ。芋を食べるだけだからさ」

佐丸の言葉に、横からさまざまな突っ込みが入った。

「おれんちの芋だぞ。しかも高級品種。紅《べに》あずま」

「燃やしてるのはうちの落ち葉だよ」

「芋、洗ってホイルに包みました〜」

「火をつけてふーふーしてますぅ」

「ソーセージはまだかな。ひとり増えたから三十本はいるな」

「ばか。おまえはイカ食ってろ」

のけ者にするような冷ややかさはなかったので、火のそばに寄ってのぞき込んだ。宮本が金属の棒を差し込み、ほらねと言いたげに、くすぶっている茶色の葉を持ち上げた。銀色の固まりが見える。サツマイモなのだろう。

やがて家の中から大きなお盆を持った女の人が出て来た。宮本のお母さんらしい。お盆にはソーセージや椎茸《しいたけ》、ピーマン、小さなおにぎりが乗っていた。新顔のぼくを見て「あら」と目を見開くので、お邪魔しますと頭を下げた。さすが東京から来た坊やだわ、と笑われる。

東京でも食べたことのない昼ご飯を、それからぼくは次々に頬張った。直火《じかび》で炙《あぶ》ったソーセージやおにぎりはもちろん、焼き芋の美味《おい》しさに感動すら覚えてしまう。スイートポテトよりもなめらかで甘くてコクがある。それを言うと、方々から「だろ、だろ」と得意げな声が返ってきた。

日が暮れてから帰宅すると父はまだ寝ていた。電気をつけ、台所の流しで手を洗っていると、物音が聞こえたのだろう、起き出してきた。ぼくはその日にあったことを、順を追って話した。

佐丸というクラスの男子と展望館に行ったこと。そいつも元転校生で、いろんな話をしたこと。昼ご飯に宮本の家に連れて行ってもらったこと。焚《た》き火の焼き芋がびっくりするほど美味しかったこと。そのあと近くの空き地でサッカーをやったこと。

父は寝癖のついたぼさぼさの髪を動かし、うんうん、そうかそうかと聞いてくれた。そして手を伸ばし、ぼくの頭や肩、腕までも撫《な》でさすった。

「よかったなあ。こんなに早く友だちができるなんて。フミ、すごいよ。驚いた。ひとりずつ、大事に丁寧《ていねい》に付き合うようにな。最初に来てくれたのは佐丸くんだっけ。お父さんも覚えておくよ。転校生の気持ちをわかってくれる優しい子だな」

目を潤《うる》ませながら言うので、ぼくまで鼻の奥がツンと痛くなった。喜びすぎだよ、お父さん。

仕事先にトラブルがあり、父の身辺《しんぺん》があわただしくなったのは夏前のことだった。

気を揉《も》んだ母は体調を崩し、寝たり起きたりの状態になった。母方の祖母がたびたびやってきては世話を焼いてくれたので、ぼくも妹も助かったのだけれども、ことあるごとに子どもが不憫《ふびん》だ、可哀想《かわいそう》だと騒ぐので気が滅入《めい》ってたまらなかった。

現実から目を背《そむ》けるように、ぼくは勉強に打ち込んだ。秋になると成果が出始め、ほっとしたのもつかの間、父の転勤が正式に決まった。上に逆《さか》らったための左遷《させん》であり、見せしめを兼ねた島流しだそうだ。こう言ったのは祖父や伯《お》父《じ》で、祖母も含めて母の側の親族は皆、父に対して辛辣《しんらつ》だった。

行きたければひとりで行け、すべては自分で招いたこと、家族を巻き込むな、顔も見たくない、さっさと出て行け、ひとりになってやりたいようにやればいい、子どもたちはうちで引き取る、父親の資格などない、こんなことになるなら結婚を許すんじゃなかった、最初から心配していた、しょせん田舎者、いい面汚《つらよご》し。

言いたい放題だ。父は「すみません」「申し訳ありません」と頭を下げ続けたが、家族揃っての転居については譲らなかった。ついてきてほしいと、母にもぼくにも妹にも切々《せつせつ》と訴えた。見たこともないほど真剣な顔でリビングのソファーに座り、自分の思いや考えをきちんと話してくれた。でも母は気分が悪そうにぐったりし、父の方を向こうともしない。それが返答であることは、子どもも心にもよくわかった。

妹はふたりの顔色を見比べおろおろし、やがて瞬《まばた》きの回数が増えた。ついにはお腹《なか》が痛いと言って学校を休むようになった。祖父母や伯父はさらに感情的になり、父を殴《なぐ》らんばかりに責め立てた。

ぼくはどうすればよかったのだろう。まわりの人に聞けば十中八九、行くなと言っただろう。自分も同じ質問を受けたら、やめとけと答えたにちがいない。せっかくの受験勉強が無駄になるだけでなく、失うものが多すぎた。

都会の真ん中と言っても、静かな住宅街に住んでいたので緑が多く、小さい頃は近所の空き地で昆虫《こんちゅう》採集もボール遊びもできた。昔ながらの和菓子屋やパン屋、文房具屋もあれば、気取ったセレクトショップやしゃれたカフェもさりげなく街角に溶け込む。色とりどりの花が咲き、街路樹《がいろじゅ》もきれいに茂っていた。

その上で、教育水準は日本随一だ。本人のやる気次第で、選択肢《せんたくし》はいくらでも広がる。何をするにもどこに行くのも便利。流行《はや》りのものが手に入りやすく、コンサート会場も劇場も美術館も映画館もタクシー圏内。もっともあの頃のぼくにはそれが当たり前で、ない暮らしなど想像もできなかったけれど。

わからなかったからこそ、十人のうち九人がNOと言っても、ぼくには迷う余地があった。自分ひとりの本音を取り出したら、一緒に来てほしいという父の気持ちに応《こた》えたい。祖父母や伯父のように、父を全否定できない。それどころか口汚い罵《ののし》りの数々に辟易《へきえき》し、いつしか反発を募《つの》らせていた。

あんたたちにとっては気に入らない婿《むこ》だろうが、ぼくにとってはたったひとりの父親だ。自業自得《じごうじとく》だの、男のクズだの、勝手に言うな。

「ついていく。受験はやめる。千葉に住む」

これを口にしたとき、みんな一斉《いっせい》に止めにかかった。祖父や伯父だけでなく、学校の先生や友だち、塾の先生まで説得しようとやっきになった。母はすがるようにして泣き、妹も泣き、祖母も泣いた。

でも決意をひるがえすような助言には、結果として出会わなかった。知らない土地で父親とふたりきり、どうやって暮らしていくんだと言われても、ほんとうにそうだとうなずくしかない。後悔するぞとの脅《おど》しもきかない。誰よりも先に、自分が自分にその言葉をくり返していた。

じっさいぼくは引っ越す前からうじうじと思い悩み、左遷の憂《う》き目に遭《あ》った父を密《ひそ》かに恨んだ。家族のためになぜ我慢《がまん》できなかったのかと、なじる言葉が喉元《のどもと》まで出かかった。祖父母や伯父が植え付けた黒い種はしょっちゅう芽を出し、はびこった。

でも、クラスの子とたった一日遊んだだけで、目を潤ませ洟《はな》をすする父を見て、ついてきてよかったと、初めて心から思えた。選択はまちがえてなかったと、自分に言えた。

「今日はご馳走《ちそう》にしよう」

「何作るの？」

「これから考えるんだよ。肉もあるし、じゃが芋もタマネギもキャベツもあるぞ」

それで作るご馳走気分の料理を、ぼくは結局おかわりしながら食べた。

翌日からクラスの男子との会話も増え、休憩時間も放課後も行動を共にするようになった。受験勉強がなくなれば、時間はあまるほどある。自《おの》ずと付き合いもよくなるというものだ。銚子以外のことでも、流行のドラマやアイドルに詳しくないぼくは、「えー」と驚かれながらもあれこれ教えられ、逆に宿題や授業で当てられそうなところは、アドバイスめいたことがそれなりにできた。

休日は佐丸や宮本と約束し、マリンパークや醤油工場の見学にも出かけた。

佐丸の家は宮本ほどではないが敷地の広い一軒家で、工場見学の帰りに寄ってみると、門柱には「佐丸」と「笠松」の表札《ひょうさつ》がかかっていた。笠松は母方の実家で、佐丸の一家は増築した部分に住んでいるとのことだ。柴犬系の雑種を飼っていて、それがとてもかわいい。秋生まれなのに、春という名前だそうだ。もうすぐ三歳になるオス犬だ。

宮本の家はあんなに広いのに、猫が幅を利《き》かせているので、昔から犬は番犬用の一匹しか飼ってもらえないという。それもすっかり年老いて、おじいさんが連れて行く朝の散歩が一回きり。あれじゃ番犬にならないと、宮本はしきりにぼやく。アパート住まいのぼくにペットはいない。

　春の散歩に付き合う夕方のひとときは、とてもいい暇つぶしであり、楽しい時間になった。

　浜辺に足を伸ばすときは、波打ち際まで下りて、春をこっそりけしかけた。近所迷惑になるからと鳴かないようしつけてあるのに、海に向かって吠えろと指示するのだ。佐丸にしてもお母さんには内緒。

　まずは三人で声を張り上げ手本を見せた。ワンワン、キャンキャン。

　これはもちろん、犬岩伝説へのリスペクトだ。義経の愛犬は七日七晩鳴き通したという。比べものにならない短さだけど、果てしなく広がる水平線に向かって大声を出すと、胸にたまったものまで吐き出せる。馬鹿馬鹿しくて、笑えてしまう。最初はとまどっていた春も、ひと鳴きごとに褒《ほ》められて、気をよくしたらしい。尻尾を振ってぼくたちの声援に応えた。

　ひっきりなしに寄せては返す波があるので、わめいても鳴いても音ははじけ飛ぶ。

「これじゃあ岬まで聞こえっこないよ」と佐丸。

「ものすごく耳のいい人がいたりして」

宮本はそんなことを言う。

ぼくはしゃがみ込み、春を撫でながら左右の風景に目をやった。

「本物の犬岩はもっとずっと離れているよな」

春を連れてくるのは犬吠埼と長崎鼻の間に横たわる浜辺だった。犬岩は、長崎鼻を行きすぎた先にある。今いるところから姿を望むことはできなかった。

「余計に無理だ」

「伝説だもんね」

「春は置いてきぼりにされないから、大丈夫だよ」

犬を飼いたいなあと、つぶらな瞳を見て思った。今のアパートは駄目だけど、もう少し広いところに移ったら。

妹も犬を飼いたがっていた。ぼくはシェットランドシープドッグ、妹はトイプードルかマルチーズ。意見が合わず延び延びになり、父の騒動が起きてそれどころじゃなくなった。でももっと広いところに移ったら。そして母や妹がここに引っ越して来たら。再び家族揃ってひとつ屋根の下に住み、今度こそ犬を飼おう。二匹いっぺんにという我儘《わがまま》も、このさい聞いてもらえるんじゃないか？　ぼくも妹もたくさんの我慢を強《し》いられた。

　なんて名前にしようか。

　とりとめのないことを考えていたら、春が飛びかかってきて砂浜にひっくり返った。起き上がるより先に胸に乗られてしまい、顔をぺろりと舐《な》められる。身をよじって逃げようとしてるうちにも、靴の中から髪の毛まで砂まみれだ。佐丸や宮本に笑われた。

　しつこくからまれても舐められても吠えられても、じゃけんにはできない。佐丸の犬でもこんなにかわいいのだから、自分のだったらどれほどだろう。飼えるようになったら、春は友だちになってくれるだろうか。

　銚子に越してきてひと月が過ぎる頃、ようやく母と妹が来ることになった。遊びにというより、様子を見に来る感じ。ちょうど父の研修と重なってしまい、それを聞いてぼくはがっかりしたが、あとになって知った。土日に父が不在になるので、ぼくをひとりにしないために母が重い腰を上げたのだ。

　この「重い腰」というのは喩《たと》えだけど、実にぴったりな表現だと思う。自分の意志を貫いて飛ばされた父にとっては、それなりの覚悟があっての地方暮らしだ。出身も首都圏ではなく、ひとり暮らしの経験もある。けれどぼくは何も知らない子ども。父に引きずられる形でついて来た。

朝から晩まで、生活のすべてを支えてくれる母親がいなくなり、どれほどの不自由を強いられるのか。行って初めて気づくにちがいない。食事は誰が何を作るのか。店屋物《てんやもの》ばかりでないのか。朝ご飯はちゃんと食べているか。掃除や洗濯は？　学校も変わり友だちとも離れ、さぞかし寂しい思いをしているだろう。ホームシックにかかっているのではないか。

そんなふうに毎日心配して、母は不眠症を悪化させたそうだ。送り出すときにはぼくのことを親不孝者となじり、荷造りも手伝ってくれなかったのに、越してきてからはやたらかまいたがる。手作りの料理やお菓子、季節の変わり目に合わせた衣類、本などをちょくちょく送ってくるし、電話もよくかかってくる。

だったら様子を見に来てくれればいいのに、それに関してはなかなかウンと言わない。特急に乗れば東京駅からたったの二時間だ。何度かはっきり「来てよ」と言ったが、声が暗くなり返事を濁《にご》される。あとから妹に、お母さんを責めないでと怒られた。

銚子に誘うことが、「責める」ことになるのか？　日本語の通じるふつうの漁村だぞ。コンビニもあればマックもある。年寄りが多いけど、若い人もいっぱいいる。立派な家も建っているし、東京と同じ花も咲いている。

気持ちの問題だと頭では理解できるけど、その気持ちってなんだろう。

会いたいのならフミくんが東京に帰ってきてと言われ、さすがに「えーっ」と非難がましい声が出た。あとから妹にまた叱《しか》られた。

そんなやりとりを経て、ようやく母は妹を伴い、「特急しおさい」に乗り込んだ。土曜日の朝、東京駅を九時半過ぎに出て、銚子駅着が十一時半より少し前。父は早朝に出かけたので入れ違いだ。ぼくひとりが駅まで迎えに行った。

久しぶりの再会だった。やっぱり来てくれて嬉《うれ》しい。何度も時計をたしかめているうちに電車が到着し、ドアが開いてふたりが降りてきた。明るい笑顔を見て、羽が生えたように身も心も軽くなる。思わず手を振り、駆け寄った。

ふたりの手荷物はとても少ない。妹はまだしも、母はショルダーバッグの他にデパートの紙袋をひとつだけ提《さ》げていた。近くの知り合いの家にちょっとだけ顔を出すような格好《かっこう》だ。泊まっていくのではないのか？　父の研修が一泊二日であることは聞いているはず。

尋《たず》ねたかったが、会ってすぐでは気が引けて、素知《そし》らぬふりで再会を喜んだ。たったひと月では背も伸びてないだろうが、髪の毛は長くなったかもしれない。切らなきゃねえとさっそく母にいじられ、照れくさくて肩をすくめた。

「醬油工場の見学なら銚子駅だけど、海が見たいなら私鉄の駅が近いんだ。そっちに行こう」

ローカル線のホームまでは、ぼくが先に立って案内した。海というのは妹のリクエストだ。何色の電車か、何両編成かと、弾む足取りで聞いてくる。いかにも楽しそうにはしゃいでいるのは、妹なりの気づかいなのかもしれない。

チュニックにスパッツというカジュアルな格好だが、そのチュニックと履《は》いている靴がいい感じに決まっている。頰も、以前より少しふっくら。減りすぎた体重が戻りつつあるのだろうか。だったらいいけれど。

「わたしね、この前チコちゃんたちとディズニーシーに行ったんだよ。お兄ちゃんにもお土産《みやげ》買ってきた。あとであげるね」

「どんなの？　かわいいのだと使えないよ」

「大丈夫。かっこいいのにしたから」

「ほんとかな」

銚子電鉄のホームは、JRのホームのひとつを使っている。私鉄なのに独立してはおらず、間借《まが》りしている形だ。それも、二番線三番線のホームをどんどん歩いて行くと、その先にとってつけたようなゲートがあり、その向こうに一両きりの赤い電車が止まっている。同じホームの前方と後方で、棲《す》み分けがなされている。初めて乗ったときはぼくもびっくりした。

「フミくん、切符はどこで買うの？　持ってないのよ」

「電車の中で、車掌《しゃしょう》さんから買うんだよ」

目を丸くした母が楽しそうに微笑《ほほえ》むのを見てほっとする。

ぼくはできるかぎり、母と妹に銚子の町を気に入ってほしかった。駅ビルもデパートもないような田舎町だけど、やっていけないほど不便な場所じゃない。千葉まで出れば、かなりの都会だ。なんでも揃う。

少しでも印象を良くし、できるだけ早くに越してきてほしい。妹も転校することになるけど、ぼくが小学校にいるうちなら面倒が見られる。宮本や川口には妹がいるので、仲良くしてくれるよう頼むこともできる。

「お兄ちゃんとお父さんが住んでいるとこはどのへん？」

「この電車の終点、外川駅の近くだよ」

そこは銚子の町よりさらに辺鄙《へんぴ》なところだが、ふたりが越してくるなら住み替えるという奥の手がある。もともとなぜ漁師町を紹介されたのか、さっぱりわからない。

電車は時刻表通りに発車して、のどかな田園地帯を走り、八つ目の駅である「犬吠」で降りた。時間にしてたったの十五分ちょっと。ここがもう、駅前には何もないところで、母の顔色を気にしながらさっさと道路を渡った。最初に連れて行くのは犬吠埼灯台だ。

ぼくは覚えたての蘊蓄《うんちく》を披露し、明るく元気にガイド役に徹《てっ》した。幸い、天気も味方してくれた。十一月にしては暖かい日で、空には薄雲が広がっていたが、徐々に切れ間が増え灯台の上に昇る頃には陽《ひ》が注いだ。太平洋の眺めはなかなか素晴らしい。

ぼくは母に、佐丸の話もした。初めてできた友だちであり、いろんなところを案内してくれた気のいいやつだ。もしかしたら東京のどの友だちよりもウマが合うかもしれない。宮本は人が良くて、根っこの部分がほんとうに優しい。

よかったわねと、微笑んでくれるのを期待していた。父のように目を潤ませてほしいとは言わないまでも、喜んでくれるにちがいないと思っていた。横から話を聞いていた妹でさえ、おにいちゃんすごいね、もう友だちができたんだねと、見直すように目を輝かせた。

でも母は、曖昧《あいまい》に小首《こくび》を傾《かし》げるだけだった。意味がわからずストレートに尋ねた。

「ぼくに友だちができたの、喜んではくれないの？」

「そうじゃないわ。元気そうでほっとした。でもフミくんは昔から好かれる子だったから。友だちはたくさんいたでしょう？　誰だってフミくんみたいな子は友だちになりたいのよ。思いやりがあって、よく気がついて、勉強ができてもひけらかさない。誰に対しても公平で、意地悪しない。こっちの子だってフミくんに会えば、そりゃあ仲良くなりたいと思うわよ」

そうだろうか。東京に、友だちはたくさんいただろうか。

「それにまだひと月でしょう？　東京からの転校生が珍しいだけかもしれないわ」

佐丸や宮本、川口、鴨沢《かもさわ》、長谷部《はせべ》。次々に顔が浮かぶ。転校生が珍しくてかまってくれた？　そんな単純な話だろうか。それに、ぼくがほんとうに「好かれる子」なら、転校生の効果がなくなっても仲良くしてくれるはずだ。

もやもやしたけれど、うまく言葉にできず押し黙った。母のしなやかな腕がぼくの肩を優しく包み、指先にきゅっと力が入る。

「フミくんはお母さんの自慢の息子よ。どこに行っても親切にしてもらえるなんて、お母さんも誇らしい。いろいろ不自由のある中で、頑張ってくれたのね」

これにもどう応えていいのかわからず、ぼくは困惑《こんわく》を隠し、銚子案内に戻ることにした。「地球の丸く見える丘展望館」からの眺めは素晴らしいけど、坂道が急なので今回はパス。昼食はこのあたりで一番の寿司《すし》屋に入った。海老《えび》もマグロも新鮮で美味しいと言ってもらい、気持ちが上を向く。犬吠駅に引き返し、一区間だけ電車に乗って終点の外川で降りる。レトロな駅舎の前では記念写真だ。

そこからは通っている小学校を目指した。傾斜地の中腹を横に移動するイメージ。細い脇道の先に海が見える。妹は何度も立ち止まり目を見張った。風は冷たくなっていたが、家々の合間に水面がきらきら輝き、春を思わせる明るい眺めだ。

ひと月を経てやっと馴染んできた小学校を紹介すると、宮本の家に向かった。焚き火と焼き芋の話をして、左右に広がるキャベツ畑を眺めながらたどり着くと、うわさの庭に宮本がいた。行くかもしれないと、こっそり話をつけてあった。気の毒に、うろうろしていたおかげで、物置の片づけをやらされる羽目になったそうだ。

母を紹介すると、宮本は芸能人みたいだと驚く。妹に笑顔で挨拶され、あたふたと家の中に引っ込む。代わっておばさんが出てきた。濡れた手をエプロンで拭《ふ》きつつ、サンダル履きで庭に下りる。

母はいつもお世話になっていますと、にこやかに会釈《えしゃく》した。おばさんはお茶でもと誘ってくれたが、いえいえと手を振って遠慮する。ぼくは母の提げている紙袋が気になってたまらない。菓子箱が出てくるのを内心、期待していた。

子どもが少しでも親しくなった人、あるいは世話になった人には、必ず気の利いたプレゼントをする人だ。有名店のブランド菓子はもとより、パッケージのかわいい紅茶のセットだったり、庭に咲いている花のミニブーケだったり、手作りのジャムだったり。気恥ずかしくて持たされるのはいやだったけれど、相手はささやかなものでもとても喜ぶ。女の人だったら効果絶大だ。

だから、いつもおにぎりやジュースをご馳走してくれるおばさんが、「まあ」と喜んでくれるところを想像してわくわくしてるのに、何も出てこない。

短い立ち話だけで切り上げ、なめらかに踵《きびす》を返した。

宮本の次は佐丸の家に案内する。道々、紙袋に何が入っているのか尋ねると、ぼくの服だそうだ。すごく似合いそうなのをみつけたと。

それから服の話が延々と続く。どこそこの店が二号店を出したとか、あそこの店がカジュアルに力を入れてきたとか、バッグやスニーカーに変わったシリーズができたとか。ぼくは身につけるものに興味のある方だ。Tシャツやソックスにもこだわりがある。服を見て歩くのも、買うのも着るのも好きだ。けれどこのときは、なぜ菓子箱ではないのか、紅茶セットではないのか、それしか考えられない。服なんかどうでもいい。

佐丸は家の前の空き地で春を遊ばせていた。春の方が先に気づき、猛烈に尻尾を振ってぼくたちを歓迎してくれた。おっかなびっくりだった妹も、絶対噛まないと言われ、そばに寄って頭を撫でた。おとなしくて人なつこい春をたちまち気に入って、何度も名前を呼ぶ。

母は佐丸にも、あとから出てきた佐丸のお母さんにも、宮本の家同様、挨拶してくれた。佐丸のお母さんは「きれいなお母さんねえ」と、ぼくを小突《こづ》く。

「妹さんもとってもかわいらしい。何年生？」

「今、三年生です」

母が答えた。

「いいわねえ。うちは女の子がいないんで羨《うらや》ましいわ。こちらにいらっしゃるご予定は？」

「それがまだはっきりしなくて」

「大人はいろいろありますよね」

「そうなんです。息子のことはもちろん心配なんですけど」

「うちはもう、隆弥《たかや》も春もいいお友だちができて大喜びなんですよ。これからもよろしくお願いします」

母親同士のやりとりの間、子どもたちは春を遊ばせていた。遊んでもらっていたのかもしれない。名前を呼びながら、ちょこちょこ動き回る姿を見ているだけで、和《なご》やかな空気に包まれる。ほっとできる。

佐丸親子と別れてから、いよいよ父と住むアパートへと連れていく。行かねばならない。

「このあたりにアパートは珍しいんだって」

何気なく言うと、母にため息をつかれた。

「ないところに、わざわざ探したのよ。不便なところに追いやられたの」

「どういうこと？」

「お父さんを追い出した人たちが、新しい職場の人たちに、犬吠埼の近くを頼んだみたい。本人の希望だと言って。そんなの嘘よ。お父さんは言ってない。でもこちらの人は真《ま》に受けてしまったのね。よかれと思ってのことかしら。それとも、こっちにもいやがらせをしたい人がいるのかしら」

母の言葉は、ぼくの心にずしりと重たい砂袋を落とした。気持ちがどんどん沈んでいく。同時に、ああそうかと合点《がてん》もいく。外川は昔ながらの漁村だ。縁もゆかりもないよそ者が、移り住むような場所じゃない。手頃な賃貸なら町中にもっとある。

「だったら引っ越せばいいよ。お父さんも言ってた。銚子市内にはもっと便利なところがあるって。アパートではなくマンション、ううん、一戸建もいいよね。お母さんや麻莉香が来てくれたら、もっとちゃんとした家に引っ越そう。待ってるんだ。ぼくもお父さんもずっと、ふたりが来るのを毎日待ってる」

ぼくは勢い込んで言った。熱く力を込めて、今日一番の本音をぶつけたつもりだ。フミくん、と母が静かに言う。

「まりちゃんの学校を変えるわけにはいかないわ。フミくんもなのよ。今からでも遅くない。入れる学校はたくさんあるの。フミくんがお父さんのためを思ってついてきたのは、お母さんにもよくわかっている。やっぱり男の子よね。そう、つくづく思い知らされた。お父さんもすごく嬉しかったと思う。一番心細いときに息子がそばにいてくれたんだもの。どんなに勇気づけられたか。でもね、これ以上はいいの。フミくんが犠牲《ぎせい》になることはない。なってはだめ。もっと自分のことを考えて、東京できちんとした学校に入りましょう」

渾身《こんしん》の一球が、難なく打ち返される。

「できれば年が明ける前に戻ってきてほしいの。今まで通りに家族揃ってお正月を迎えましょう。もちろんお父さんも一緒よ。こちらの学校に馴染んだなら、卒業まで通うのもいいわ。前の学校に、今すぐ戻ってきても大丈夫。先生にはちゃんとお話をしてあるのよ。みんなも待っている。醬油工場の話も焚き火の話も、大喜びで聞いてくれる。お父さんも納得《なっとく》しているし。あの人ならひとりでちゃんとやっていけるから」

「お父さんが？」

「そうよ。フミくんの意志を尊重するって言ってくれてるの。お父さんだって

ここがベストとは思っていない。息子の将来を心配している。連れてきたのが

自分の我が儘だとよくわかっている」

アパートまで目と鼻の先だった。移り住んでたった一ヶ月の、狭くて古びた陰気くさい2DK。母と妹が泊まってくれると、本気で思っていたのだろうか。

昨日、夜遅くまでかけて片づけた。新聞紙も雑誌も部屋の隅にきちんと積み重ね、洗濯物もひとつ残らずたたんでしまった。流しのシンクも三角コーナーのゴミ入れも洗った。でも、ざらざらした土壁と黄ばんだ襖と安っぽい蛍光灯《けいこうとう》の明かりはどうしようもない。こんなところで暮らしているのかと、どん引きされるのが落ちだ。

「今日の夜、どうするの？　パジャマとか、持ってきてないよね」

一応、聞いてみた。

母はにっこり笑って答えた。

「夕方の切符を三枚、買ってあるの。このままずっととは言わない。でも一度、東京に戻りましょうよ。おじいちゃんもおばあちゃんも首を長くして待っ

ているわ。フミくんに会いたいフミくんに会いたいって、そればかり。顔を見せて、安心させてあげて。今晩は三人で美味しいものを食べましょう。フミくんは東京の自分の部屋で、何も心配せずゆっくり休んでね」

外川駅から港に下りて、道端のブロックに腰かけ、波に揺れる船を眺めた。水平線の薄雲がかかっているので太陽はその中に隠れ、ぼんやりとした夕焼けが申し訳程度に広がっていた。

風が冷たい。膝《ひざ》を抱《かか》えて背中を丸める。遠くでぽーっと汽笛《きてき》が鳴った。ぱたぱたとエンジン音も聞こえる。これから仕事に向かう船が、港を出て行く。あれに乗ってどこかに行ってしまいたい。銚子でも東京でもない、遠いどこか。そんなことを思っていると犬の鳴き声がした。

「春――」

佐丸が犬に引っぱられてやってきた。

「なんだよ、こんなところにいたのか。春がさ、急にこっちに行こうって聞かなくて。おまえの匂いがしたのかな」

ぼくは膝を抱えていた腕を解き、足を地面に下ろして腰を浮かした。広げた腕の中に、春が駆け寄ってきた。体に触れると温かくて、夢中で抱きしめてしまう。驚いたように身じろぎするも、撫でてやるとじっとしてくれる。

「おまえ、ひとり？　お母さんは？」

「帰った」

佐丸は声にならない声で「え？」と聞き返す。

「ぼくの分まで切符が買ってあった。東京に連れて帰るつもりだったらしい」

「そうか」

ぽつんとつぶやくようなその返事は、少し意外だった。顔を上げて佐丸の方を向くと、居心地《いごこち》悪そうに目をそらす。

「一緒に帰ればよかったのにって思う？」

「そうじゃないよ」

「だったら何？」

突っかかるように聞き返してしまったが、怒ったわけではない。しゃべり方も表情もうまく作れない。

「おまえのお母さん、ほんとうにきれいだよな。このあたりに住んで、晩ご飯を作ったり洗濯物を干したりするのが想像できない。帰ったと聞いたらなんとなく安心した。変だな。ごめん」

「あやまらなくていいよ。そういうことか。ぼくは早く銚子に来て、早く馴染んでほしかった。馬鹿だよな。なんにもわかってないんだ」

父も同類だ。男ふたりは結局、母の本心をちっとも理解していない。理解できないのかもしれない。

冷静に考えれば、母は電車を降りたときからこの土地にも、住んでいる人たちにも、よそよそしかった。親しくなる気がまったくないのだ。「お世話になっております」とは言った。でも、「これからもよろしくお願いします」とは口にしなかった。こっちでぼくに友だちができたのも予想外の、嬉しくない展開だったのかもしれない。ホームシックになり、東京に帰りたいと言い出すことを期待していたのか。

「なあ、いつまでここにいるんだよ。暗くなってきた。寒いよ。帰ろう」

佐丸に言われてぼくは立ち上がった。春からもらっていたぬくもりが、あっという間に消え失《う》せる。湿った海風は身震《みぶる》いするほど冷えていた。誰もいないアパートもきっと薄ら寒いだろう。そこに帰らなくてはならない。ぼくの家はあそこだ。

重い足取りで歩き始めると、携帯が振動し、父からのメールが届いた。「今はどこにいる?」「どうしている?」という短い文面だ。ぼくが「外川港《とかわこう》」とだけ書いて返信すると、電話がかかってきた。

久しぶりの母や妹との再会の後、ぼくも一緒に東京に向かうと聞いていたらしい。拒否して残ったと知ると、研修を切り上げ帰って来ると言う。ぼくはそれを聞き、声が詰まった。大丈夫だよ、いつもの当直の夜と同じだよ、そう笑い飛ばせればいいのにできない。

佐丸に気づかれないよう目を瞬《しばた》き、手を伸ばして春の頭を撫でた。

お父さんに会いたいと、うつむきがちに言った妹を思い出す。銚子名物のぬれせんべいを買ってほしいとねだり、母が駅内のコンビニで会計しているときにつぶやいた。あれは妹の本心だ。痛いほどよくわかる。お父さんは優しい。鈍いところもあるけれど、家族のことを大事に思っている。一緒に暮らしたいと心の底から願っている。

でもお母さんはお母さんで、どうしても譲れないものがあるのだろう。たとえ家族を二分することになってでも。そうさせてしまうお父さんに憤《いきどお》っている。

母が銚子を訪れた翌週のことだ。クラスの女の子に話しかけられた。上村亜《うえむらあ》美《み》という、長い髪の毛をふたつに結んだ子だ。これといって特徴のない顔をしているので、教室の外で会ったら誰なのかわからなかったのかもしれない。

上村に限らず、ぼくは女の子のことをさっぱり覚えていなかった。それどころじゃない、というのが一番の理由だ。佐丸に誘ってもらい、クラスの男子や学校のまわり、家のまわりを覚えたり馴染んだりするので手一杯だった。

だから呼び止められ、「ちょっといい？」などと切り出され、どぎまぎした。上村にときめいたのではなく、シチュエーション的にすごく久しぶりで。

これでもぼくは前の学校にいた頃、まあまあ女の子に人気があった。誰もいないところでこっそりプレゼントを渡されたり、休みの日にどこかに行かないかと誘われたり、伝言みたいな形で女の子の告白を聞いたりは経験済みだ。

上村もしきりにまわりを気にして廊下をちらちら見ていたので、ぼくまで緊張してしまう。

「何か、用事？」

言いにくそうにしているので、ぼくから尋ねた。

「うん。あのね、平山くんのお父さんって、お医者さんよね。銚子さくら病院で働いているでしょう?」

その通りだ。内科に勤めている。

「どうして東京から銚子に来たのか、噂がね、流れているの」

「噂?」

上村は目を伏せ、肩をすぼめ、もじもじしてから口を開いた。

「東京の病院で働いているとき、すごくまずいことがあったって」

血の気が引いた。なんの話だ?

「噂よ、噂。私も聞いてびっくりした。絶対そんなことないだろうけど、聞こえるとやっぱりちょっと気になって。だって、東京の大きな病院にいた立派な先生が、いきなり銚子に飛ばされるって、あんまりないことでしょう? 大人はそう言うのよ」

「もういい」

ぼくは上村を睨《にら》みつけ、踵を返した。教室から出ようとしたが、その腕を摑《つか》まれる。

「なんでちゃんと聞いてくれないの? ただの噂なら、ちがうって言ってくれればいいでしょう？」

「どうせろくでもない話だろ。言いたいやつには言わせておけばいい」

「そんなふうに言ってもいいの？　噂が広まったら、ここにいられなくなるかもよ」

もちろん、言わせておけばいい、というのは強がりだった。それ以上聞くのが恐くて逃げ出したかった。ぼくの心はぐらぐら揺れて、足まで震えそうだった。クラスの女の子に弱味を見せたくないのに、脅し文句を振り切るほどの力は残っていない。だから無防備に、続く言葉を聞いてしまう。

「大人は言ってる。東京の病院で、医療ミスをしたからって」

さすがにさらりと言いのけたわけではない。上村の声は強《こわ》ばり、ところどころ溜めながらの、それゆえ鬼気《きき》迫る告発だった。

「誰がそう言ってる？」

「え？」

「言えよ。誰がその、でたらめな噂を流している？」

ぼくの頭は真っ白になった。リセットボタンを押したように、ごちゃごちゃ渦巻いていたものがすっと消える。

上村は摑んでいた手を離し、体を後ろに引いた。

「答えろってば。おまえは誰からその噂を聞いたんだ。家の人？　大人だって言ったな。そうなのか？」

「ちがう。だって」

「ミスを犯したのは別の医者だ。病院はそれを隠そうとした。お父さんは明らかにすべきだと意見して、ここに飛ばされたんだ。またかよ。ここに来ても、まだ悪く言われるのか。いいかげんにしろ」

口惜《くや》しさと憤りでぼくの頭は再びごちゃごちゃになった。恐くて震えるのではなく、赤黒いものが体中を駆けめぐり、じっとしていられない。

「黙ってないで何か言え。噂を流しているのはおまえんちのお父さんか、お母さんか」

「悪くないなら、なんで外川に来たの。こんな田舎。東京にいられなくなったから来たんでしょ」

正しいことをしても、それが認められなければ「正しい」にはならない。ここに来るまでの間にさんざん思い知った現実だ。ベテランの先生が当直を抜け出してどこかに行ってしまい、ひとりきりの研修医が急変した患者と運び込まれた急患にあたふたし、投薬ミスを犯した。これが事実なら、責められるべきははっきりしている。でも病院はすべてをうやむやにしようとした。

父は、医者の個人的なミスに白黒つけたかったわけじゃない。事実を重く受け止めつつ、事故の起きない体制作りに尽力《じんりょく》すべきだと主張した。目に余ることとは今までに何度もあったらしい。見過ごすことがもうできなかったのだ。父だけでなく、声を上げた人は他にもいる。外科医がひとりと、看護師が三人、事務員がひとり。このうち内科医の父と外科医は飛ばされ、看護師のひとりは退職した。他の人たちがどうなったのかはわからない。病院のその後も聞こえてこない。

父が自分の進退を懸《か》けて起こした内部告発は、不運なことにぼくらの家族全員を巻き込んだ。母方の祖父は製薬メーカーの重役だった。病院長と旧知の間柄であり、伯父も同様だ。父を説得するよう病院長直々《じきじき》に頼まれ、祖父はふたつ返事で引き受けた。説き伏せる自信があったのだろう。それまでは従順な婿だった。甘く見ていたところ、父はどんな説得にも応じなかった。脅されても屈しない。家族を犠牲にするのかとなじられても曲げない。ぼくや妹や母を自宅の居間に呼び寄せ、事の顛末《てんまつ》を語ると同時に、一緒に銚子に行ってほしいと訴えた。

「悪いことはしてない。でも人を陥《おとし》いれるやつはいるんだ。くだらない噂話を流しているやつに、おれだって言いたいことがある。お父さんだって黙ってない。誰だよ。教えろ」

「いろんな人よ」

「だから誰。言うまで帰さない」

ドアの前で足に力を入れて肩をそびやかすと、上村は顔を歪《ゆが》めてべそをかいた。知らないとか、わからないとかごまかそうとするので、腹が立って今にも殴りそうになった。拳《こぶし》を握りしめると、上村は身をすくめ泣きわめくようにして言った。

「佐丸よ。佐丸のお母さん」

え?

「病院で働いているの。知らない? 聞いてない? 佐丸のお母さんがしゃべってたんだよ」

嘘だ。何それ。病院っていうのも聞いてない。働いているのは知っていたけれど。

「佐丸んちはこっちに引っ越してくる少し前に、お父さんが病気で死んじゃったの。だから、お母さんも佐丸も、お父さんと一緒に引っ越してきた平山くんのことが羨ましいんだよ。それで、わざと噂を流しているんだよ。ほんとうだよ」

まさか。体中が冷たくなってわななく。握った拳が他人《ひと》の手みたいだ。そのとき廊下に話し声がした。立ち尽くしている間にも近づいてきて、ドアからひょいと顔がのぞく。宮本と川口だ。

「あ、平山。いたんだ。もう帰ったと思った」

「よかった。今日の社会の宿題……」

言いかけて、ふたりはぼくと上村のただならぬ雰囲気に気づいて息をのんだ。

「どうかした？」

眉《まゆ》をひそめる宮本にぼくは尋ねた。

「佐丸のお母さんって、銚子さくら病院で働いてるの？」

「うん」

「お父さんはここに来る前に亡くなった？」

宮本はぼくと上村の顔を見比べながらうなずいた。それ以上、聞けなかった。今にも佐丸が現れそうで、恐くてたまらない。上村の話が大嘘かもしれないのに、あのおばさんがまさかと思うのに、もしかしてという疑いがぼくのすべてを凍り付かせる。足元に大きな穴が空いているようだ。じっと立っているつもりが、吸い込まれるように落ちていく。

気がついたら駆け出していた。廊下を走り、階段を下りて、靴を履き替え、学校から飛び出す。地面を蹴って蹴って蹴って、呼吸が間に合わず苦しい。心臓も肺も胃袋も吐き出してしまいそうだ。

外川の集落を抜け、電車の駅を通り越し、やみくもに進んでいると次の駅である「犬吠」のホームが見えてきた。手前で曲がって海に向かう。家には帰れない。宮本や川口が訪ねてくるかもしれない。ぼくに真実を告げるかもしれない。

佐丸がほんとうはぼくを嫌ってるっていうこと。ちっとも友だちじゃないこと。陥れようとしていること。

ちがうかもしれない。すべてが上村の嘘で、佐丸も佐丸のおばさんも、ぼくの思っている通りの人かもしれない。

どちらかだ。丸かバツか。右か左か。黒か白か。

コインを投げるように簡単。「かもしれない」がすべてなくなる。裏か表か、答えはひとつ。すぐに決着がつく。

ぼくはそれを知りたくなかった。佐丸の本心を知りたくない。決着なんかいらない。

黙々と足を動かしていると横風が強くなった。マリンパークの前を行きすぎると白い灯台が見えてくる。ここも佐丸と一緒に行った。銚子はやっとの想い出だらけだ。逃げたくても逃げられない。想い出が追いかけてくる。ぼくをからめとろうとする。

初めて登った「地球の丸く見える丘展望館」から眺めた海が、一足ごとに近くなる。灯台のまわりはがらんとしている。誰かにすぐみつかりそうで、岩場に巡らされた遊歩道へと下りることにした。急な階段をたどっていると波音が大きくなる。西の空に雲が広がり、夕陽はほとんど隠れてしまった。あたりに人影はなく、暗くて寒い。

ちょうどよかった。ぼくは誰にも気づかれそうもない窪《くぼ》みをみつけ、遊歩道から離れてそこに身を寄せた。しゃがんで膝を抱え、背中を丸めて目をつぶる。やっとほっとできた。逃げられた気がした。このままじっとしているから、岩にしてほしい。義経を思いながら鳴き続け、岩になった若丸のように。

どれくらいそうしていただろうか。指先が痛いほど冷えたところで、上着のポケットの振動に気づいた。携帯電話が鳴っていた。取り出してもたもたしている間に止まってしまう。父からだった。何かあったのだろうか。容体《ようだい》が急変した患者さんがいたのか。夕飯までに間に合わないという連絡か。

ディスプレイをみつめているとまたかかってきた。

「もしもし」

「フミか。フミなんだな。今、どこにいる?」

なんだろう。すごくあわてている。

「どうかした?」

「どうかじゃない。心配したぞ。今、どこにいる? お父さん、すぐに行くから。今いるところを言いなさい」

学校から連絡が行ったのか。宮本や川口の顔が浮かんだ。

「もしもし、フミ、聞こえるか?」

「お父さん、ぼく、友だちのことが信じられないよ。すごく大事で、すごく大切な友だちなのに、信じることができないんだ」

　少し間を置いてから返事があった。

「それは、とても大切だからだよ。なくしたくない気持ちが強すぎて、恐くなるんだ。お父さんもこの一年、ずっとそうだった」

「うん」

　他の誰でもない、お父さんの言葉だからうなずけた。病院に意見書を提出すると決めてから、まわりの人たちの多くは変わってしまったらしい。仲がいいと思っていた人にも、心ない態度を取られた。

「でもな、自分は自分で精一杯、誠実にやっていくしかないんだ。フミもだぞ。おまえが優しさや思いやりを持っていれば、必ず気づいてくれる人がいる。応えてくれる人がいる。それは信じていいぞ。お父さんが言うんだからな、まちがいない。大丈夫だ。恐くない。恐くても、投げ出すな。お父さんも投げ出さない。おまえも投げ出すな」

　初めての引っ越しで、初めてできた友だち。今、一番大事な友だち。信じろと、父は言わなかった。人の気持ちは人の気持ちだ。自分ではどうにもならない。自分自身の気持ちをなんとかするしかない。

少しでも、誠実に。思いやりを忘れずに。

ぼくにとっての佐丸ではなく、佐丸にとってぼくは、どんなクラスメイトだっただろう。

あいつのお父さんが銚子に引っ越す前に亡くなったことは知らなかった。春をけしかけ、若丸のまねをして、海に向かってワンワンと吠えたとき、もしかしてあいつはお父さんを思い出していただろうか。自分を置いて逝《い》ってしまった父親のことを。初めてそんなことを考えた。

波の音がふっと静まる。傾いた半月が海原《うなばら》の上に浮かんでいる。

犬の鳴き声がした。

ぼくは手足に力を入れた。窪みから体を起こす。耳を澄ます。寄せては返す潮騒《しおさい》の中に、かすかに混じる、聞き覚えのある鳴き声。

「春」という名前の由来を尋ねたとき、お父さんがつけたと佐丸は言っていた。秋生まれの子犬だったのに、「春」。半年後の春から、銚子での新しい暮らしが始まるとわかっていたから。

でもその春に、お父さんはもういなかった。

ぼくは岩場から這《は》い出し、立ち上がった。よろよろと歩き出す。

犬の泣き声が聞こえたよ。だよな、だってここは、犬吠埼。

白い灯台の前で、声を合わせられたらいいなと思う。一緒に笑えたらもっといいなと思う。そうなれるような人間を、ぼくは目指さなきゃいけないんだ。


のちのち佐丸は当時のことをこう語った。

「おれの親父も、よしゃいいのに上司に嚙みついて、窓際に追いやられて会社を辞《や》めたんだ。母ちゃんは平山のお父さんの噂話を病院で聞いて、似ていると笑っていたよ。そして、あんたと同じ年の男の子がいるらしい、もしも転校してきたら仲良くしてあげなさいって」

その通りに、かまってくれたわけだ。佐丸のお父さんは心筋梗塞《しんきんこうそく》で倒れ、そのまま亡くなってしまったそうだ。会社を辞めるにあたり、仕事の整理その他いろいろあって、心身ともに無理が重なったのかもしれない。

ぼくの父の左遷の理由、それが医療ミスによるという噂話だが、入院中の祖母から聞きかじったゴシップを、上村がぼくに聞かせただけだった。宮本に言わせると、「平山の気を引きたかったんだよ」だけれども、冗談じゃない。

上村はぼくの剣幕に驚き、祖母だとバレたらまずいととっさに考えた。内科のお世話になっているのだ。先生に嫌われたら何をされるかわからないと焦《あせ》ったらしい。

そして、そもそもなんでこうなったのか、男同士でつるんで遊んでばかりじゃないか、私が話しかけても無視して、と、いろいろ思ったそうで（宮本談）、考えているうちに佐丸の母親が病院の事務をしているのを思い出した。これ幸いと、すべておっかぶせた。

口からでまかせとはいえ、よく出たものだ。どうやらほら吹きは常習犯らしい。

ぼくと父はその後、銚子市街の貸家に引っ越し、待望の子犬を迎えた。一番望んでいた母と妹が移り住むことは結局なかった。

とあるパーティで母と出会い、不器用ながらも必死に口説《くど》き落とし、結婚まで漕《こ》ぎ着けた。それがぼくの父だ。

必ず君を幸福にする、何より大事にすると言ったのに、どうして病院に突っかかったのか。もう少し我慢できなかったのか。止めても聞かず、実家と仲違《なかたが》いし、いやがる自分に田舎暮らしを迫った。母にとって、父のしたことはすべて許しがたい裏切り行為だった。単身赴任《ふにん》をぎりぎりの譲歩としたのに、息子が奪われたのも屈辱《くつじょく》以外の何ものでもない。

離婚届こそ出してないが、とっくに破綻《はたん》している関係だ。妹は母と共に東京で暮らしたが、高校卒業後は北海道の大学に進学した。母は今、インテリア関係の仕事について、それなりに忙しくしている。ぼくも都内に出たときは会い、高い食事をご馳走してもらう。

＊　＊　＊

「懐《なつ》かしいな、あの頃が」

銚子市内にある馴染みの寿司屋、カウンター席に並んで座った。馴染みと言っても常連なのは父で、ぼくも佐丸も、今日はいないけど宮本も川口も、ときどきおこぼれに与《あずか》った。そんな意味でも懐かしい。

「ここのイワシも久しぶり。やっぱり旨《うま》いな」

「当たり前だよ、ねえ、大将」

ぼくが声をかけると、頭のはげ上がった主《あるじ》がニカッと笑う。

「春は元気？」

「おまえは会うとそればっかだな。おれがいなくても顔出せよ。母ちゃんも喜ぶからさ」

佐丸はカウンターに置いた携帯を取り、春の写真を見せてくれた。初めて会ったときは三歳だった雄犬の春。十二年経って十五歳だ。人間の年で言うと八十歳を超えるらしい。もう立派なおじいさんだが、毛の色が薄くなり体全体がほっそりした以外、変わりなく思える。

「そっちはどうだよ。相変わらず？」

「ティンクも十二歳だ。おばあさんかもしれないけど、元気にしているよ」

転居してから飼い始めたコーギーで、名前をつけたのは妹だ。ぼくは大学から家を出て、父も数年前から不在がちだが、近所の犬好きが預かってくれる。

「ティンクもだけど、先生だよ、先生」

佐丸をはじめ、こちらの友だちは父のことをこう呼ぶ。

「福島の病院とこっちと掛け持ちで、大丈夫かなと思うけど、大丈夫らしい」

「そしておまえはまだ大学生か」

あきれたように言われ、中トロをつまみながら反論した。

「働き口がみつかったらすぐ出るよ」

一浪して入った大学の院で、緑地環境学という専門的なジャンルを学んでいる。都市と地域の再生を環境面から構築するのがテーマだ。

佐丸は大学を出て旅行代理店に就職し、添乗員《てんじょういん》として日本各地を飛び回っている。今年から海外ツアーも受け持つそうだ。久々に連休が取れると連絡があり、千葉市内に住んでいるぼくも銚子に戻ってきた。

明日は宮本の家の庭で、昔懐かしい焚き火の焼き芋会だ。川口も長谷部もやってくる。焦げたソーセージから飛び出す肉汁に、熱い熱いと子どものようにはしゃぐ姿が目に浮かぶ。ほくほくのサツマイモは金色に輝いて湯気を立てるのだろう。春にも会える。

ティンクとは異なる毛並みを手のひらに思い出していると、佐丸が言った。

「春さ、散歩の途中で浜辺に下りると、今でも海に向かって吠えるんだって。背筋を伸ばして胸を張り、雄々《おお》しくワンワン鳴く。そして振り向くんだ。誇らしそうにドヤ顔で。まるで小学生のおれたちがそこにいるみたいに」

潮風が胸に吹き込む。くもりのない真っ直《ます》ぐな鳴き声は、闇夜《やみよ》を照らす灯台の灯《あか》りのように、あの頃のぼくを明るい方へと導いたのだ。

バター好きのヘミングウェイ

木下半犬

1

まだ六月の初旬だというのに、真夏を思わせる太陽が、容赦《ようしゃ》なくジリジリと街を照りつけていた。

「飼い主を失った！　可哀想《かわいそう》なイヌたちに！　あなたが愛の手を差し伸べていただけませんか！」

午後一時。ＪＲ恵比寿《えびす》駅前のロータリー。

野球帽を後ろ向きにかぶった青年が、掠《かす》れた声を張り上げている。甲子園のアルプススタンドの応援団ばりの大声で、しかも滑舌《かつぜつ》もよくないので、はっきりいって聞き取りにくい。

「このままでは！　可哀想なイヌたちは！　処分されてしまいます！　あなたのほんの少しばかりの愛だけが、可哀想なイヌたちを救うことができるのです！　どうか愛を！　愛をください！」

何かの歌で聞いたような台詞《せりふ》である。どれだけ青年が体を反《そ》らして訴えを叫ぼうとも、改札から出てきた人々は足を止めることはない。大半は、手元のスマートフォンを弄《いじ》るのに忙しく、青年の存在すら気づいていなかった。

青年の横には十枚ほどのイヌの写真が貼り付けられた立て看板があった。小型犬から警察犬のような大型のイヌまでいる。どのイヌも必要以上に悲しげな表情だ。わざとそういう写真をチョイスしたのだろう。

純太郎にそっくり……。

私は夫の顔を思い出し、ついため息をもらした。看板のど真ん中の写真の柴犬に似ている。弱々しく垂れ下がった眉毛《まゆげ》など瓜二《うりふた》つではないか。

ん？ イヌに眉毛なんてあったっけ？

くだらない考えが頭を過《よぎ》った拍子《ひょうし》に、ふと、青年と目が合った。

「愛の手を！ お願いします！」

青年が腰を二つに折り、手にしていた募金箱をこちらに差し出す。汗だくで、乳首が透《す》けて見えるほど白いシャツが体に張りついている。二十代前半ぐらいだろうか。サイズの合っていないジーンズに薄汚れたダンロップのスニーカー（しかも、靴紐《くつひも》が二本ともほどけている。もしかしたら、ファッションであえてそうしているのか）と、学生だとしてもキャンパスライフをエンジョイしているタイプには見えない。

「あの……」

「はい！」

「このワンちゃんたちは、あなたが飼い主ではないのよね？」

「えっ？」

「なのに、どうしてそこまで一生懸命になれるわけ？」

私の質問に、青年の爽《さわ》やかな笑顔が凍りつく。

「……イヌが好きだからです」

「うむ。そうよね」

私はポカンと口を開けている青年を置いて、ロータリーをあとにした。駅ビルのやけに長いエスカレーターに乗り、目的地へと向かう。

可哀想なイヌたちに寄付はしなかった。愛の手を差し伸べて欲しいのは、私も同じだから。

その男は、恵比寿ガーデンプレイスにいた。ビアホールのオープンテラス席で、優雅《ゆうが》に鶏《とり》の唐揚《からあ》げを食べながら黒いビールを飲んでいる。なるほど。夫が
「とにかく嫌な野郎なんだよ。奴と一緒にいるぐらいなら、ゲロのプールの中

に頭からダイブしたほうがマシだ」と言っていたのが遠目からでもわかった。

テーブルに近づくと、キツい臭《にお》いで鼻が曲がりそうになった。柑橘《かんきつ》系の甘酸《あまず》っぱい香水とワキガ臭《しゅう》が絶妙にブレンドされている。

「待っとったで。三分の遅刻やがな。奥さん、時は金なりっていう言葉を知っとるか？　本来やったら、罰金で三十万支払ってもらうとこやで」

どぎつい関西弁。推定年齢は五十代後半。除草剤をたっぷりと撒《ま》いた芝生《しばふ》のような禿頭《はげあたま》に口髭《くちひげ》。えびす様みたいな輪郭《りんかく》の顔にプラダのサングラスをかけ、えびす様みたいにでっぷりと肥えた体で、太鼓腹《たいこばら》がこれでもかというほど突き出ている。ピンクのシャツ（ボタンを二つ開けて、金色のネックレスと濃い胸毛が覗《のぞ》いている）にこげ茶色のチェックのテーラードジャケット、ワインレッドのパンツ。薄紫色のスウェードのローファーを裸足《はだし》で履《は》いている。どの品もひと目で高級品だとわかるが、絶望的に似合っていなかった。

……いや、男から滲《にじ》み出るオーラのせいか（日焼けサロンにでも通っているのか、全身がこんがりと焼かれている）、一周回って〝あり〟な気もする。とにかく、東京でも代表的なおしゃれスポットである恵比寿ガーデンプレイスで、男が異質な存在であることには間違いなかった。

どうして、夫の純太郎は、こんな男と関わってしまったのだろうか。今さらだが、腹が立ってしかたない。

「……遅くなりました」

私は、恐る恐る男の向かいに座った。うだるような暑さなのに、お尻の下のアルミ製の椅子がひんやりと冷たい。

「一分、十万円やで」男が茹《ゆ》で過ぎたソーセージのような人差し指を立てる。

「それがわしの時間や」

「すいません」

「夫婦揃《そろ》って常識のない人間やのう。ほんま、勘弁《かんべん》してくれや。わしが一番キライなんは、注意力のない人間なんや。注意力さえあれば、いくらでも人生を変えられるし、勝つことができる。ええか、注意力がすべてや」

やたらと「注意力」を強調する喧《やかま》しいダミ声に加え、男が口を開くたびに、アルコールと唐揚げとカメムシが絶妙にブレンドされた臭いが漂ってくる。

「この度は、夫がご迷惑をおかけしました」

私は膝《ひざ》に両手をつき、深々と頭を下げた。今日、この男と会うために、どんな服装をしたらよいのかわからず、白いデニムに白のニットを合わせてきた。

足元はベージュのパンプスだ。バッグは唯一持っているブランド物で、コーチの黄色のトートだった（だいぶ傷《いた》んではきたが、母に貰《もら》ったものなので大切に使っている）。

「言葉だけでは一円にもならんがな」男がサングラスを取った。アル中のタヌキのような濁《にご》った目が現れる。「奥さんの名前は？」

「良子です」

「リョウコ？　どんな字書くねん？」

「良い悪いの、良いです」

男が、大げさに鼻を鳴らした。

「奥さんにぴったりの名前やの」

「どういう意味ですか？」

「これまで何の苦労もなく生きてきたやろ？　出身はどこや？」

「……埼玉です」

「わしの予想では、奥さんは中の上クラスのサラリーマン家庭で何の苦労もなく暮らしてきたな。お父上は世間でいうお固い仕事や。どうや？　あってるやろ？」

悔《くや》しいが、そのとおりだ。父は役所勤めで、母は専業主婦だった。私は地元の進学校の高校に通い、大学は全国的に名の知れた私立に入学した。その大学生のときに、夫の純太郎と出会ったのである。

あの頃の純太郎は、キラキラと輝いていた。それが宝石ではなく、単なるガラス細工だったとは結婚するまで気づかなかった。

男は、黙っている私をニヤニヤと眺めながら続けた。

「何の苦労もなくはちゃうな。あんなクズと結婚してもうてんから。ぶっちゃけ、借金の総額は今、なんぼあんねん？」

「あなたに教える筋合《すじあ》いはありません」

借金は一千と五百万を超えていた。そこからは、怖《こわ》くてカウントしていない。

「まあ、バーを経営してるねんから、百万や二百万ではないわな。で、なんで、あんな立地の悪い場所で商売をはじめたんや？　儲《もう》かるわけがないがな」

男が黒いビールを飲み、ゲップをする。「奥さんも何か飲むか？」

「いりません」

「飲食店のテーブルに座ってるんやから注文をせんと失礼やがな。どこまで常識がないねん。これとかはどうや？　ハーフ&ハーフ。黒ビールのコクを味わいながら、すっきりと飲めるで」

「昼間からお酒はちょっと……」

たとえ夜であっても、この男の前では一滴《いってき》も飲みたくない。というより、なるべくなら夜には会いたくない相手だ。今日は、男が人目の多い場所を指定してきたので、覚悟《かくご》を決めてやってきた。

「じゃあ、烏龍茶《ウーロンちゃ》にしたらええがな」

男が私の返事を待たずに指を鳴らしてビアホールの店員を呼んだ。だが、店員は気づかないので、馬鹿デカい声で怒鳴《どな》りはじめた。

「おい！　姉ちゃん！　お客様が呼んどるで！　そこのカピバラに似たぶっさいくなお前や！」

「し、失礼致しました」

二十代前半の細身の店員が、青ざめた顔で慌《あわ》ててやってきた。誰だって、こんな男のサービスなどしたくない。

「失礼で済んだら警察いらんがな。どうせ、ぼーっとイケメンのことばっかり考えとったんやろ？　おう？　誰のファンやねん？」

「はい？」

「ジャニーズか？ 福山雅治《まさはる》か？ 福山やったら、よう知ってるから紹介したるど。まあ、間違っても姉ちゃんみたいなブスは相手にされへんけどな」

「け、結構です」

失礼極まりない男だ。反吐《へど》が出そうになる。不憫《ふびん》な店員は涙目になりながら、烏龍茶のオーダーを受けて去っていった。

「あの姉ちゃん顔はあかんけど、ケツはぷりぷりして美味《うま》そうやな。あれ、Tバックを穿《は》いてんぞ。なんでわかるか教えたろうか。わしは注意力が人より優れてるからや」

男があからさまに涎《よだれ》を啜《すす》り、黒ビールをグビグビと流し込む。

まだ五分も経《た》ってないのに、今まで出会ってきた人間の中で、この男がぶっちぎりで下衆《げす》だとわかった。

私は、早くも後悔した。一刻も早くこの場から逃げたいけれど、可哀想な柴犬に似た純太郎の顔が浮かんできて立ち上がることができない。

「どうでもええけど、ほんま、今日はあっちーのう」

男がシャツのボタンをもうひとつ開けた。さらに異臭《いしゅう》がキツくなる。

ここに来る前、夫の純太郎に教えてもらったのは二点。男の住処《すみか》は恵比寿で、いつもエビスビールを飲んでいるらしいということ。そして、絶対に怒らせてはならないということだ。

男の名前は、「エビス」。当然、本名ではないだろう。

一時間前、純太郎は我が家のマンションの玄関先で「良子ちゃん、ごめんね。俺もついて行きたいけど、エビスからお前は来るなって言われたんだ。本当にごめんね」と涙を流して土下座をし、私を見送った。

「あの……」

「何や？」

「私はどうすれば？」

「きちんと借りを返してくれたらええがな」

「できるだけ……早めにお返しします」

「約束の期限は今日や。純太郎君から聞いてへんのかい。さっきも言ったけれど、わしの時間は一般ピーポーの時間とは価値が違うねん」

「わかってます」

「ほんなら金は用意できたんか？　純太郎君がわしに負けた額がその小洒落《こじゃれ》た

鞄《かばん》に入っとるんやろうな」

ビアホールの店員が、おずおずと烏龍茶の入ったグラスを運んできた。グラスをテーブルに置く手が震《ふる》えている。

「ごゆっくりどうぞ」

引《ひ》き攣《つ》った営業スマイルを浮かべて逃げていく。

私たちのテラス席の前をカップルや家族連れが次々と通り過ぎる。まさか、天気のいい日曜日の恵比寿ガーデンプレイスで、こんなきな臭《くさ》い話がされているとは思ってもみないだろう。みんなおしゃれで幸せそうで、キラキラして直視できない。

「夫はいくら負けたんですか?」

聞いてはいるが、念のために確認してみる。見栄《みえ》っ張《ぱ》りの純太郎は、自分の都合に合わせて数字の申告を変える癖があるからだ。たまに来る執筆業のギャラは多めに言い、外で作ってきた借金は少なめに言う。そのたびに私はがっかりさせられてきたが、さすがにこれだけ長い付き合いになれば、純太郎のだらしなさにもすっかり慣れてしまった。そんな自分にも嫌悪感を覚える。

エビスが指を開いて、私の顔の前に突き出す。手の甲に毛が生えている。爪《つめ》が黒ずんでいて汚い。

「五本や。本当はもう少しいったが、キリの良い額で勘弁したる」

言うまでもないが、五百円ではない。その一万倍だ。つまり我が家の借金の総額は二千万円をゆうに超えたことになる。

「……待ってもらえませんか？」

「あほか。世の中そんな甘くないで」

エビスが即答した。有無《うむ》を言わせない静かな迫力がある。

「お願いします。お金は必ず返しますから」

私は、目の前の烏龍茶のグラスを見つめながら言った。そこには、情けない顔で懇願《こんがん》する自分が映っている。

「まあ、わしも鬼やない。奥さんの覚悟次第で、借金はチャラにしたってもええんやで」

「その……覚悟とは？」

「ここから、ごっつい建物が見えるやろ。お城みたいなレストランのうしろ、ほら、マンションの横や」

エビスが顎《あご》で建物の方向を差した。束になった鼻毛が覗く。

「はい……たしか、ホテルですよね」

有名な老舗《しにせ》の高級ホテルだ。いつか、純太郎が夢を叶《かな》えたら泊まりに行きたいねと夫婦で語り合っていた。

「あそこのスイートを押さえとるねん」

「ど、どういう意味ですか」

エビスが、ふたたびゲップをして異臭を放つ。

「奥さん、しゃぶりつきたくなるほどええ女やんか。一発やらしてくれや」

2

純太郎と出会ったのは、長野のスキー場だった。十年前、私が十九歳の頃である。私は大学の女友達と、純太郎は高校の野球部の仲間たちと卒業旅行で来ていた。女友達の中で社交的な子（陰ではヤリマンとの噂もあった）が、純太郎に声をかけてグループ同士で仲良くなったのだ。

スキー場の銀世界は、恋のアンテナを狂わす。おまけに私は女子校出身の処女で、うぶというよりただの世間知らずだった。さほどスキーはうまくない純太郎が眩《まぶ》しくてしかたなかった。一つ歳下だが、まるでサークルの先輩のようにグイグイと私をリードしてくれるのが頼もしかったし、「俺、映画監督になりたいんだ」と旅館の部屋でお酒を飲みながら熱く語る横顔にキュンとした。なにより、酔っ払って私の膝の上で眠る寝顔が可愛《かわい》かった（目の前では、社交的な女友達が純太郎の仲間と王様ゲームでディープキスをしていたが）。

純太郎は背が高く、柔《やわ》らかい雰囲気《ふんいき》を持ったイケメンで、着痩《きや》せはするが元野球部なので肩幅が広くて筋肉もある。だが、バリバリの体育会系ではなく、趣味は映画鑑賞と読書で、とくに映画に関しては尋常《じんじょう》ではない勢いで数々の作品を観《み》ては、映画監督になる夢を膨《ふく》らませていた。

純太郎の地元は千葉だった。スキーのあと東京で会うようになり、二回目のデートで告白されて付き合うようになった。

初めての彼氏。初めてのセックス（死ぬかと思うぐらい痛かった）。純太郎と腕を組んでデートをしているときに、すれ違う女の子たちの羨望《せんぼう》の眼差《まなざ》しがくすぐったかった。

はっきり言って、私は有頂天《うちょうてん》だった。

雲行きが怪しくなってきたのは、純太郎が映像の専門学校を講師と喧嘩《けんか》してやめてからだ。本人は喧嘩と言っていたが、純太郎が実習で撮《と》った短編を講師に酷評《こくひょう》されて、モチベーションを失ったのだ。

純太郎はプータローになり、足繁《あししげ》くパチンコに通うことになる。たまたま運がよかったのか、そこそこ勝ち、気前良く焼肉を奢《おご》ってくれたりもした。

当然、パチンコにのめり込めば、映画を観る時間が減ってくる。純太郎の口からは、「あの監督の新作が楽しみだ」という話題がなくなり、代わりに「あの店の新台が楽しみだ」となった。クズへの第一歩である。

当時の私は、それでも純太郎を愛していた。別れようなんて、一ミリも考えていなかった。もし、世界の偉い科学者たちによってタイムマシンが開発されたら、あの頃の私の横っ面《つら》を思い切りビンタしたい。その後のパラドックスなど知ったこっちゃない。

確率論でいえば、ギャンブルは長く続ければ続けるほど負けていく。当たり前だ。全国各地にパチンコ店が乱立していることを考えれば馬鹿でもわかる。でも、人間は賭《か》け事をやめることは絶対にできない。賭けずにいられない。ギャンブルだけの話ではない。人生のあらゆる局面で、人間は賭けに出る。

私が純太郎を夫にしたのは無謀《むぼう》な賭けだった。さっさと降りればいいのに、それができない。一度、自分が強く信じたものは、なかなか手放すことができないから。いつかきっと逆転して、すべてがよくなる日が来るという浅はかな願いが、心の片隅にべったりと張り付いて剝《は》がれないのだ。

パチンコに溺《おぼ》れていた純太郎が、ひとつの台にこだわって、どんどん千円札を台に食べさせているのを見ながら（満腹中枢《ちゅうすう》がぶっ壊れた動物に淡々《たんたん》と餌《えさ》をやり続ける間抜《まぬ》けな飼育係のようだった）、私は「損するだけなのに、どうしてやめないのかしら」と思っていた。「もしかすると、この人は救いがたい馬鹿なのかも」と疑ったりもした。

救いがたい馬鹿は私だ。純太郎と別れることができず、挙句《あげく》の果てに彼が作った借金の尻拭《しりぬぐ》いをしようとしている。

私の知り合いは、みんな思っているだろう。「どうして、良子はあのクズ野郎と離婚しないの？」と。

「どや？　ええ部屋やろ？　奥さんのために奮発《ふんぱつ》したでえ」

エビスが太鼓腹を揺らし、スキップでもするような足取りでスイート・ルームへと入っていく。

たしかに豪華だ。私と純太郎が住んでいるボロマンションの1LDKの部屋の五倍はある。入口から手前のゲストルームはヨーロピアンな内装で（この表現が正しいのかはわからないが）、三人掛けのソファ、アームチェアにオットマン、仕事用のデスク。どの家具も一級品でエグゼクティブな雰囲気を醸《かも》し出している。壁掛けのテレビも教室の黒板かと思うほどデカい。

何なのよ……ここは……。

混乱と恐怖で、まっすぐに歩けない。足元の絨毯《じゅうたん》がトランポリンのように感じられる。

「あ、あれは、何ですか？」

私は、奥のベッドルームを見て唖然《あぜん》とした。三脚《さんきゃく》が二台。その上にビデオカメラが設置されている。それも家庭用のコンパクトなものではなく、業務用の本格的なカメラではないか。

「奥さんを撮影するんや、心配せんでもええで。プレイ中は、ずっと目隠しをしてもらうさかい、顔がバレる心配はあらへんし」

エビスが、ニンマリと笑う。見事なえびす顔ではあるが、身震いするほど毒々しい。

「ま、まだ、私はやるとは言ってません」

「ここまで来て何言うてるねん。たった五十分我慢すれば、あれが手に入るねんど。さっさと覚悟を決めんかい」

エビスが、キングサイズのベッドを指した。ベッドの真ん中に見たことないような厚さの札束《さつたば》が積んである。

「……五十分？」

「さっきも言うたやろ。わしの時間の価値は、一分十万や。十分で百万。五十分で旦那《だんな》の借金は綺麗《きれい》さっぱりなくなるがな」

「無理です」

「ほな、なんでノコノコついてきたんや。ガーデンプレイスでバイバイしたらよかったんちゃうんかい」

「それは……」

もちろん、下衆の塊《かたまり》みたいな男に抱かれるつもりはない。たとえ、どんな大金を積まれようともだ。ただ、何もできずにすごすご帰ることもできない。借金の返済を待ってもらう。それが目的なのだから。

この男に私たち夫婦のすべてを奪われるわけにはいかない。

「奥さん、よう考えてみい。一発五百万の女がどこにおるねん？　そら、奥さんは美人や。大抵《たいてい》の男は奥さんとやりたいと妄想《もうそう》するやろ。でもな、残念ながら五百万の価値はあらへんで」

「わ、わかってます」

顔から火が出そうだ。異常な空間から早く脱出したいけれど、もう一人の意地っ張りな自分が羽交《はが》い締《じ》めをする。

「いや、奥さんは何もわかってへん。ええか？　今、地獄の縁《ふち》に立ってる旦那を救えるのは世界で一人しかおらへん。何で、わしが今日奥さんだけで来いって言うたか教えたるわ。わしも鬼やない。若くてまだ未来のある夫婦にチャンスを与えたろうと思ったんや。このままやったら、あの店がわしのものになるで」

「はい……」

「それでもええんか？　ん？」

「嫌です」

あの店とは、私たち夫婦が経営しているバーのことだ。パチンコですっからかんになった純太郎は、先輩のツテでバーテンダーのアルバイトをした。性《しょう》に合っていたのか、飽き性の純太郎にしては珍しく、七年間も続いた。一応、映画監督の夢は諦《あきら》めておらず、アルバイト先の客だった雑誌の編集者に可愛がられ、グルメライターの端《はし》くれみたいな仕事もしている。その気になった純太郎は、「小説家になるのもいいかも。映画みたいに予算は関係ねえし、芸能事務所に気を使う必要もねえし」とさっそく調子に乗り出した。まあ、パチンコにハマるよりは百倍マシだと静観しつつ、応援していた。

ただ、結婚するためには、純太郎がちゃんとした職についていることが条件だと堅物《かたぶつ》の父親にキツく言われていた。アルバイトでは一生無理だ。

私は、父親に内緒で母親から三百万円を借りた。ＯＬ時代の貯金を合わせて（純太郎は一銭も出していない）、私は新宿の路地裏にこぢんまりとしたバーを開いた。新宿といっても、駅前や歌舞伎町《かぶきちょう》などの繁華街《はんかがい》ではない。新宿区というだけで、新大久保に近い場末《ばすえ》のバーである。まわりは寂《さび》れた住宅街で、飲食店もほとんどなかった。

結婚するために。

私は何度も自分に言い聞かせた。純太郎をオーナーに仕立て、渋々父に結婚を認めさせた。その店のおかげで借金ができたのだが、私は満足だった。ＯＬ

を辞めて慣れない水商売をするのは辛《つら》かったが、これで純太郎が生まれ変わってくれると勝手に信じていた。それなのに……。

まさか、またギャンブルに手を出していたなんて。しかも、こんな男相手に多額の借金を作るとは夢にも思ってみなかった。

エビスは、たまたま私が体調不良で休んでいるときに店に現れた。客がいなくて暇をしていた純太郎と仲良くなり、「近くにおもろいとこがあるねんけど」と誘って、非合法の裏カジノに連れていった。そこで、ポーカー勝負となり、出だしは勝ちまくっていた純太郎は調子に乗ったが、負けはじめて熱くなってしまったのである。

「あの店がなくなるか。奥さんが今日ここで撮影会するか、二つに一つや」

「お願いします。必ず返しますから、待ってください。このとおりです」

私は両膝を絨毯につこうとした。

「ストップや。わし、土下座《どげざ》は嫌いやねん。一円にもならへんのに、謝られてるこっちが悪者みたいになるのも納得でけへん。今まで何人もの人間がわしに土下座してきたけど、余計にムカついてお仕置きしたったわ」

「お仕置き……ですか？」

純太郎の話では、エビスはヤクザではない。だが、唸《うな》るような財産と権力の持ち主らしい。仕事も謎だ。

「暴力を使わんでも、一人の人間の人生をクシャクシャにするのは容易《たやす》いこっちゃ。ある男がわしを裏切った。土下座して謝ってきたけど許すわけがない。むしろ、その土下座がわしの怒りの炎にガソリンを注《そそ》いだんや。その男は今、どこにいると思う？」

エビスが、得意気に口の端を上げる。この顔も毒々しい。

「……わかりません」

「刑務所や」

「何か罪を犯したんですか？」

「いいや。法に触れることは何もやってへん」

「じゃあ、どうして……」

「不思議やろ？　ある日、いきなり逮捕《たいほ》されて、いきなり裁判にかけられて、無実の訴えを却下《きやっか》されたんや。懲役《ちようえき》十年。シャバに出てきたときは、娘の成人式が終わっとるな。娘の晴れ着を見られへんのは悲しいのう。その男も注意力さえあれば、刑務所に行かんで済んだのに。まあ、自業自得《じごうじとく》やな」

また「注意力」だ。エビスが太鼓腹をポンポンと叩《たた》き、豪快に笑う。

エビスが仕掛けたとでも言いたいのか？　いくら金と権力があると言っても、そこまでできるものなのか？

純太郎が刑務所にぶち込まれるならまだしも、私は絶対に嫌だ。何も悪いことをしてないのに、十年も塀の中に閉じ込められるなんて耐えられるわけがない。

惑《まど》わされちゃダメよ。ハッタリに決まってるじゃない。

「ハッタリとちゃうでえ」

エビスに心を見透かされている。絨毯にズブズブと両足が埋まる錯覚《さっかく》を起こした。ヤバい。底なし沼にはまり込んでしまった。

「失礼しまっす」

いきなり、背後のドアが開いた。手にスーパーのレジ袋を持った丸刈りで黒スーツの青年が部屋に入ってくる。

だ、誰？

私は驚いて、飛び退《の》いた。青年の年齢は二十代前半（もしかしたら十代後半かもしれない）で、赤ら顔で身長は低いが体がやたらと大きい。とくに首回りの筋肉が凄《すさ》まじく、顔の幅よりも太かった。スーツのサイズはピチピチで、格闘家が無理やり着せられたみたいだ。青年の拳《こぶし》が赤黒くゴツゴツとしているのが気になる。顔は高校球児みたいで爽やかなのが、体とギャップがあって気持ち悪い。

「奥さん、紹介するわ。わしの世話してくれてるカラシマ君や。身の回りのことから、ボディーガードまでやってくれてるねん」

「初めまして。カラシマっす。本日はよろしくお願いしまっす」

挨拶《あいさつ》まで野球部みたいである。

「どや？　素晴らしい筋肉やろ。なんかややこしい名前の格闘技の達人やねん。なんやったっけ？」

「クラヴ・マガっす」

「そうやった。それそれ。イスラエルの格闘技やねんな？」

「格闘技というよりは戦闘術っすね。敵が不意にナイフや銃を持って襲ってきても対応できるように鍛《きた》えてます。世界最大の紛争地帯で戦うイスラエル軍のために生み出された戦闘術っす」

「まあ、とにかくカラシマ君はめちゃくちゃ強いっていうこっちゃ。しかも双子や。この顔と体つきまでまったく同じ子がもう一人、わしの世話してくれてるねん」

「えっ……?」

つまり、屈強《くっきょう》なボディーガードを二人も側に置いておかなければならないような仕事をエビスはしているというわけだ。

「ヘミングウェイの散歩はそろそろ終わりそうか?」

「はいっ。さっき、弟から戻ると連絡がありました」

「ヘミングウェイ?」

私は思わず訊《き》き返した。純太郎がよく読んでいた文豪だ。

「わしの愛犬の名前や。シェパードのオスでめっちゃ可愛いやつやねん。もうすぐここに来るから楽しみにしといて」

エビスが意味深《いみしん》に笑う。

「来るって……ここホテルですよ?」

小型犬ならまだしも、シェパードは警察犬になるほどの大型犬ではないか。

「そんなもん関係あらへん。ヘミングウェイはわしの家族や。家族と一緒に泊まって何がわるいねん」

「そんなわがままが通用するんですか？」

「こういうＶＩＰ専用の部屋は、大抵どのホテルにも裏口があって、他の客に見られんと入って来れるんや。ヘミングウェイもそこを通るから、余計な心配せんでもええ」

「はあ……」

金さえあれば、どんなわがままでも押し通せるのか。虚《むな》しくなってきた。私と純太郎には悲しいほど金がない。毎月、店とマンションの家賃が払えず、金策に走り回っている。夫婦ともども消費者金融のブラックリストに載って、どこからも金を借りることができない。先月はマンションの電気が止まった。

「おい、バターは用意できてるやろな？」

「はいっ」

カラシマが、スーパーのレジ袋から黄色い箱を取り出した。《北海道産》の文字が書いてあるのが見える。

「いつものバターやろな？」

「はいっ！　無塩《むえん》っす！」

バターを受け取ったエビスが、また毒々しいえびす顔を私に向けた。

「これ、何に使うと思う？」

「……わかりません」

「奥さんのアソコに塗《ぬ》るんやがな」

「はあ？」

「このバターはヘミングウェイの大好物や。無塩やから健康にもええし」

「い、意味がわかりません」

「皆まで言わなあかんか。奥さんは、わしとヘミングウェイと3Pするんや。奥さんやったら、最高の映像になるで。金持ちのド変態どもが高い金を出して買《こ》うてくれるわ。奥さんは借金を返せて、わしも大儲け。言うことなしやな」

気が遠くなってきた。ついていけない。逃げ出したいが、ドアの前には筋骨《きんこつ》隆々《りゅうりゅう》のカラシマが立ち塞《ふさ》がっている。

「散歩、行ってきましたっ！」

ドアが勢いよく開き、カラシマとまったく同じ顔と体型の男が入ってきた。太い腕でリードを握り、その先で私とさほど体重が変わらないぐらい大きなシェパードが尻尾《しっぽ》をぶんぶん振り回し、真っ赤な舌をべろりと出してハアハアと荒い息を洩《も》らしている。

「紹介するわ。わしの愛犬のヘミングウェイや」

3

「ヘミングウェイは最高にクールな作家だったんだ。いや、最高の男だったというべきだな。俺と同じ猫好きだし。知ってる？　ヘミングウェイの飼っていた猫は指が六本ある幸運の猫だったんだぜ」

目をキラキラと輝かせてそんな風に語る純太郎が好きだった。

「どう最高なの？」

そう訊き返すと、純太郎はわざと間を取ってから知的な表情を作り、ピンスポットを浴びた舞台俳優が独白するように意気揚々《いきようよう》と語り出す。

「何と多くの人が財布《さいふ》の中身を考え、他人の思惑《おもわく》を考え、家庭を考えて、つまらない人生に甘んじてしまうことか。くよくよ考える人間は、最初から運に見放されており、勇気なんて滑稽《こっけい》にしか思えず、才能があっても生かせずに終わるのだろう。挙句の果て、不平不満の虜《とりこ》になる」

「ヘミングウェイの言葉？」

「痺《しび》れるだろ?」

「うん。カッコイイね」

私は顔が引き攣らないように微笑《ほほえ》むので精一杯だった。そんな文章を暗記している暇があるのなら、他にすることがあるだろう。

純太郎はネットで偉人の名言を検索し、感慨《かんがい》を受けた言葉をノートに書いては、一人で悦《えつ》に入《い》っていた。少しでも偉人たちと同じ気持ちを共有することで安心したいのだ。

新大久保の近くに開いたバーは、オープン当初から散々だった。いくら、家賃が安いからといってビルの一階の路面店にしたのもマズかった。バーの裏にあるマンションが、裏風俗だったのである。マンションの部屋で女の子が性的サービスをするいわゆる〝マンヘル〟というやつだ。早朝になると、仕事を終えた風俗嬢たちが店にやってくる。

残念ながら彼女たちは上客ではなかった。体を張って稼いでいる分、財布の紐が硬い。よく、ホストに狂って風俗嬢まで堕《お》ちたという話を聞くから、てっきり彼女たちは金遣《かねづか》いが荒いかと思っていたが真逆だった。彼女たちは、惚《ほ》れた男を助けるためや親のためや普通のアルバイトでは払えない学費のために金を使うのであって、場末のバーには大した金は落としていかないのだ。

しかも、職場の近くのバーで飲む風俗嬢たちは、〝痛い〟子たちが多かった。

みよちゃんもその一人である。

毎朝、六時。みよちゃんがシクシクと泣きはじめる。

いい加減にしてよ……。

私は毎回、舌打ちを堪《こら》え、そっとカウンターにティッシュを箱ごと置く。みよちゃんは礼も言わずにティッシュを五枚ほど抜き、メイクがボロボロになるのも気にせずに涙を拭《ぬぐ》う。

美女ならまだしも、みよちゃんは三十代後半の風俗嬢である。いや、すでに四十代かもしれない。本名だって知らない。自分で、「みよちゃんって呼んでね」と言ったからそうしているだけだ。

「みよちゃん、大丈夫？」

一応、声をかける。いつものごとく返事はない。静かに洟《はな》を啜り、みよちゃんは泣き続ける。

「ジャズをかけて」

そら、来た。みよちゃんの毎度のリクエストだ。

純太郎が、BGMのスティービー・ワンダーのCDを取り出し、エラ・フィッツジェラルドのCDと入れ替えた。純太郎はそれなりに音楽に詳しく、洋楽ならR&Bからロック、ジャズやテクノまで浅く広く好んでいた。エラ・フィッツジェラルドは完璧《かんぺき》なロマンスを歌う。甘すぎるから、私はあまり好きじゃないけれど。

「マスター、踊《おど》って」

みよちゃんがさらにリクエストを追加する。これも、毎度のことである。他に客はいないとはいえ、こちらの迷惑をまったく考えない。みよちゃんは、私と純太郎が新婚だと知っているのにも拘《かかわ》らず、酔っ払っては、チークダンスを要求するのだった。

純太郎は渋々と、カウンターから出てみよちゃんへと近づいた。みよちゃんは赤い顔でフラフラと立ち上がり、純太郎の首に手を回す。芋焼酎を立て続けに五杯飲んでいるので異様に酒臭く、カウンターにいる私のところまで漂ってくる。

音楽に合わせて、純太郎が適当に踊る。みよちゃんが必要以上に抱きつき、胸を押し付けている。ペラペラな安物のワンピースが妙に物悲しい。

「お願い。今夜は一人にしないで」

みよちゃんが、甘い口調で人の夫を誘っている。こちらまで丸聞こえだ。それに、今は朝だってば。

「ダメだよ」

「寂しいの」

「ダメ。一人で帰って」

純太郎が苛《いら》つきを押し殺し、説得する。これが場末の水商売だ。

一体、私は何をしてるんだろう……。

チークダンスの二人を無視して黙々とグラスを洗っている。このあまりにもシュールな状況に慣れてしまった自分も馬鹿だ。

怒ることも悲しむこともできない。とにかく私は疲れていた。

スピーカーから流れるエラ・フィッツジェラルドが、『そして見つけることができる。探し求めていた幸せを』と歌っている。

私は惨《みじ》めになり、洗っていたグラスを叩き割りたくなった。

「どや、ヘミングウェイは男前やろ」エビスが、スイートのゲストルームをウロウロと歩くシェパードを見ながら目を細める。「仔犬のときから、ずっと一緒やねん」

「私、帰ります」

だが、二つの筋肉の塊が、鋼鉄の門みたいにドアの前で並んでいる。

「どいてください」

二人のカラシマは、無表情で無視している。エビスの命令がないと動かないのだ。

「警察を呼びますよ」

私はコーチのトートバッグからスマートフォンを取り出して振り返り、窓際に立っているエビスを睨《にら》みつけた。

「それはやめたほうがええな。困るのは奥さんのほうや。わしへの借りが五百で済まなくなるで」

「どういうこと？」

「一人の人間の人生をクシャクシャにするのは簡単やって言うたやろ」

「私たち夫婦の人生なら、もうとっくに終わってるわ」

「お前らの人生を潰《つぶ》すとは言うてへんがな」

エビスがニヤつきながら、弛《ゆる》んだ顎の肉を撫《な》でる。

部屋中の匂いをくんくんと嗅《か》いでいたヘミングウェイが、三人掛けのソファにひょいと乗り、ぶふうと鼻息を漏らして伏せをした。

「誰の人生を……」

「奥さんのお母さん、素敵な人やの。いつまでも若々しくて、優しくて。老後の貯金を切り崩して、あのチンケなバーの資金を用立ててくれたんやろ？」

「母に手を出したら殺すわよ」

「だから、わしは手出しせえへんって言うてるがな。他人の人生のレールをちょこっと変えるだけや」

悔しくて涙が零《こぼ》れそうになる。でも、こいつの前では絶対に泣かない。

ヘミングウェイが大きな欠伸《あくび》をした。イヌにとっては、この部屋で起こっていることなどどうでもいいのだろう。

「泣きたいときは、泣いたらええがな」

エビスが芝居じみた仕草で肩をすくめる。

「うるさい」

心を見透かされ続けているのが、余計に腹立たしい。

「人間の価値は、絶対的な敗北に直面したとき、いかにふるまうかにかかっている」

「はあ?」

「パパ・ヘミングウェイの言葉や」

純太郎の顔が浮かぶ。今、何をしているのだろう。私のことを心配してくれているだろうか。そもそも、どうして、私を一人で行かせたのだ。男なら、最後まで戦って欲しかった。

「奥さんは充分に頑張《がんば》った。でも、負けたときは潔《いさぎよ》く認めな、どんどんドツボにハマってまう。旦那と別れて、あの店も諦めるこっちゃ。どうしてもそれができへんのやったら、さっさと服を脱いでアソコにバターを塗らんかい」

エビスがバターを投げた。黄色い箱が私の足元まで転がってくる。ヘミングウェイはピクリと大きな耳を動かしたが、眠そうな顔でソファからは降りようとしない。

私は動けなかった。頭の中が真っ白になって、正常な判断ができない。

「旦那と別れるんやったら、ここから出て行ってもええで。わしに借金を作ったんは、純太郎君やねんからな。離婚して赤の他人になってしまえば、奥さんには何の責任もあらへんがな。あのクズと別れたらお母さんも安心するで。親孝行やと思って、決断したらどうや?」

エビスの言うとおりだ。これ以上、母親を悲しませたくない。母に借りたお金は一円も返せていないのだ。

「あんなクズのどこがええねん? ポーカーやりながら色々と話を聞いたけど、映画監督か小説家になりたいんやってな。奥さん、純太郎君がそんな大物になれると本気で思ってんのか」

「なれるかどうかはわからないけど……妻として応援はするつもりよ」

「はっきりと言ったるわ。あいつはモノにはならんで。ただの口だけの男や。勇気を持って夢に立ち向かうことなんかできひん。小説家になりたいんやったら短編の一本でも書いたんか?」

書いてない。純太郎はパソコンの前で書こうとしていても、いつも途中でネットサーフィンに逃げてしまう。

「成功したいのなら、まず溺れてみることだ。泳ぎは次第に覚える。それを怖がって水に入らない人間は、一生、何もない無人島からは脱出できない」

「それもヘミングウェイの言葉?」

エビスが得意げに太い眉を上げる。

「いや、わしのオリジナルや」

私は大きく深呼吸した。下腹に力を込め、覚悟を決める。

「いい言葉ね」

パンプスから足を抜き、白いニットと白いパンツも脱ぎ捨て下着姿になった。

「お、奥さん。何してんねん?」

エビスが初めて、動揺を見せた。

「あなたの言うとおり、まず溺れてみるのよ」

私は、《北海道産　こだわり無塩バター》を拾い上げた。

4

純太郎との素敵な思い出だってある。

付き合って初めての私の誕生日。純太郎は花屋で買ってきた小さなひまわりと封筒をくれた。封筒の中には、純太郎が書いた詩があった。まだ若くお金がなかった彼は（今のほうがないが）、必死に、自分ができる心の込めたプレゼントは何かと考えてくれたのだ。
詩は、私への想いを綴《つづ》ってくれていた。

あの日　白銀の世界で
僕は虹を見つけたのさ　君という虹を
赤は情熱　君の内なる心
瞳《ひとみ》の奥に佇《たたず》む炎はゆらゆらと　僕をとらえて離さない
橙《だいだい》は夕焼け　一番美しい時間
遠くを見つめる君はゆっくりと　僕の前を歩いてく
黄はひまわり　君に似合う花
太陽より眩《まぶ》しい笑顔にくらくらと　僕は惹《ひ》きつけられてしまう
緑は少年　君の優しさ
わがままばかりの僕をのんびりと　見守り励《はげ》ましてくれる
青は海　壮大な希望
二人の馬鹿げた夢はきらきらと　たしかな光に向かっている

藍《あい》は知識　君のまなざし
慎重《しんちょう》さと大胆《だいたん》さはしっかりと　バランスを保ち世界を見る
紫は宝石　君の秘密
僕は知ることができずはらはらと　君を追いかけてしまう
虹を空から消さないように
僕の胸に刻んでおこう

初めて読んだときはぶっちゃけ、火炎放射器のごとく顔から火が出るほど照れ臭く、どうリアクションを取ればいいのかわからなかった。でも、嬉しかった。今まで貰ったどんなプレゼントよりも。この詩が上手《うま》いのか下手《へた》なのかわからないけれど、純太郎が、一生懸命になって私のことを書いてくれただけで幸せだった。

あの詩を思い出せば、何があっても純太郎を許すことができた。私の宝物だ。

だけど……私は未来を見ず、過去にすがって生きていたのかもしれない。

「奥さん、ええ度胸《どきょう》してるやんけ」

エビスがわざとらしく舌なめずりをする。子供向けのアニメに登場するぶさいくな怪物みたいだ。

「早く終わらせてよ」

ガタガタと膝が震えて、まともに立てない。

怪物とシェパードと3P？　できるわけがない。しかし、私の中の何かが（純太郎の詩から引用すれば、赤い情熱のようなものが）、頑《かたく》なにノーとは言わせなかった。

「最後にもう一回だけ訊くで」

「純太郎とは別れないわ」私はエビスの言葉を遮《さえぎ》った。「自分でも馬鹿だとわかってる。それに、とんでもない親不孝ね。間違いなく一生後悔することになるけれど、逃げるよりはマシだわ」

「逃げるって何からやねん？」

エビスが毛虫のように太い眉をひそめる。

「自分が損することになっても、どうしても見捨てることができないものがあるのよ。たとえ、端《はた》から見て痛々しいことでもね」

私は、恵比寿駅前のロータリーで可哀想なイヌたちの看板の横で掠れた声を張り上げる青年を思い出した。

あの青年と私は同類だ。青年がいなければ可哀想なイヌたちが保健所で始末されるように、私がいなければ純太郎は破滅してしまう。駅にいた人たちみたいに、見て見ぬふりはできない。

あれ……。

チクリと胸が痛くなった。嫌な痛みではない。何かが引っかかる。妙な違和感だ。また、純太郎の詩を思い出した。

『慎重さと大胆さはしっかりと　バランスを保ち世界を見る』

そして、同時にエビスの言葉も思い出した。

『注意力さえあれば、いくらでも人生を変えられる』

注意力……私は何かを見落としている。

「これは優しいわしからの忠告や。アホな旦那と別れろ」

「しつこいわ」

エビスが大きなため息を漏らした。なぜか、悲しげに私を見つめる。

ヘミングウェイは相変わらず、ソファで優雅に寝そべっている。私の顔を見ているが、同情の欠片《かけら》もない。イヌは悲しみを感じない。悲しい顔に見えるのは、人間のエゴだ。

「しゃあないな。カラシマ君、奥さんをベッドに連れていけ」

「はいっ！」

二人のカラシマが同時に返事をし、私へと近づいてきた。

「待って！」

私は鋭い声で、二人のカラシマを制止させようとした。しかし、彼らはエビスの指示にしか従わない。

二人のカラシマが両脇から私を軽々と抱《かか》え上げ、ベッドルームへと運んでいく。抵抗しようにも、もの凄《すご》い力で押さえつけられているのでビクともしない。

「どした？　今さらやめる言うても遅いで」

エビスがテーラードジャケットを脱ぎながら、ベッドルームへと入ってきた。

私はベッドの上に投げ出された。腕が五百万円に当たり、札束が散らばる。

「やめるなんて言ってない」

「その割にはガタガタ震えてるがな。カラシマ君、奥さんの下着を脱がせてすっぽんぽんにしたって」

「はいっ！」

「だから、待ってよ！」

もちろん、止めることはできない。二人のカラシマは表情をまったく変えず、あっという間に私の下着を剝ぎ取った。

涙が勝手に溢《あふ》れる。だが、恥ずかしさや恐怖よりも、強く私を突き動かすものがある。

青年の声が頭の中で、ガンガンと叫ぶ。

『飼い主を失った！　可哀想なイヌたちに！　あなたが愛の手を差し伸べていただけませんか！』

私は勇気を振り絞り、全裸《ぜんら》のままベッドに立ち上がった。

「バターを塗るわ」

「ほほう」エビスが感嘆の声を上げる。「これは見ものやな。自分でアソコにバターを塗る女は初めてやで」

「そうでしょうね」

私はバターのパッケージを開けながら言った。黄色い箱から銀色の塊を取り出す。

「カラシマ君。ビデオを回せ」

「は、はいっ」

二人のカラシマが、自信なさげに答え、三脚の前でスタンバった。慣れない手つきでビデオカメラを弄《いじ》る。

エビスが私と向かい合い、僅《わず》かに顔を歪めた。

「奥さん、ヤケクソになったんか。まだ間に合う、純太郎と……」

「別れないって言ってるでしょ」

銀色のフィルムを剝がしたバターを私は力一杯投げつけた。《北海道産　こだわり無塩バター》が回転しながらエビスの顔面めがけて飛んでいく。

「ひいっ」

エビスが豚の断末魔《だんまつま》のような悲鳴を上げてしゃがみ込んだ。バターは、三人掛けのソファの前にぽとりと落ちた。

よしっ。狙いどおりだ。エビスにぶつけるつもりはなかった。

ヘミングウェイが、キョトンとした顔で飛んできた物体を眺める。ソファから降りる気配はない。

「バター犬なのに、どうしてバターに反応しないのかしら？」

「さあな。たまたま、腹が減ってないんとちゃうんか」

エビスが体を起こし、必要以上に太鼓腹を突き出す。だが、そこにはもう毒々しい威厳《いげん》はなかった。

「あなたは何者なの？」

「わしに正式な肩書はないな。色んな商売をやってるからのう。まあ、強《し》いて言うなら不動産関係とでも言っとこうか」

「とぼけないで。本当の仕事を教えて」

私は自分が裸だということを忘れるぐらい、頭を高速で回転させていた。そして、これまでの人生で経験したことのない高揚感《こうようかん》が込み上げてくる。

エビスの顔から下衆な笑《え》みが消え、鋭い目つきに変わった。逆にカラシマたちは驚いた顔で私を眺めている。

「いつ気づいたんや？」

「あなたはヘミングウェイに一度も触れていないわ。仔犬のころからずっと一緒だった愛犬なのに。ヘミングウェイもあなたには興味がないし。あなたはヘミングウェイの飼い主じゃないのね」

「正解や。よくわかったな。わし、ほんまはイヌが嫌いやからな」

「何が目的なの？」

「この肩書は好きやないけど、わしらは《別れさせ屋》や。誰の依頼かは言わんでもわかるやろ？」

「母ね……」

母から借金したことを私は誰にも言っていない。純太郎にさえも。もし、エビスが知るとすれば、母から直接聞かされるしかないのだ。

「素晴らしい注意力やな。ブラボーやで」

エビスが大げさに手を叩く。

「純太郎の借金はどうなるの？」

「あれはチャラや。イカサマポーカーで巻き上げただけやからな。あんたら夫婦をハメるための作戦や。裏カジノの店もあの一晩だけで、今は空っぽや」

安堵《あんど》よりも怒りが込み上げてきた。エビスや母にではなく、あっさりと騙《だま》された純太郎に。結局、純太郎が生まれ変わることはないだろう。

「母には絶対に別れないと伝えて」

「お母さんを恨《うら》まんとって欲しいねん。娘を思うがあまり、わしに頼ってきたんや。もちろん、こんな鬼畜《きちく》な作戦をするとは夢にも思ってへん。すべてお任せやからな。わしらは、どんな手段を使ってでもターゲットの二人を別れさせる。正直に言うわ。失敗したんは今日が初めてや」

「母には怒ってないわ。許すと言ってあげて。心配かけてごめんねと私からも連絡する」

「ほんでやな……」エビスがもじもじと上目遣《うわめづか》いで私を見る。「無茶な真似《まね》してすまんかった。ただ、わかって欲しいのは、わしは奥さんに指一本触れるつもりはなかった。それだけは信じてくれ」

なぜか、エビスの言葉に誠実さを感じた。純太郎のように白々しさがない。

「信じるわ」

「あともうひとつ。頼み事があるねん」

「……何よ？」

エビスが自らそそくさと動き、散らばった札束を集めて私の手に乗せた。五百万円の重みがずっしりと全身に伝わる。

「わしのチームに入ってくれへんか？　優秀な女を探しとってん。前にいた子は、わしのセクハラで辞めてもうたから。わしは何もしてへんねんけど、存在自体がセクハラや言われたわ。ほんま、めちゃくちゃやで」

「このお金は？」

「契約金や。君の注意力があれば、わしのチームは無敵になれる」

エビスがウインクをした。本人はカッコよく決めたつもりなのだろうが、不気味な痙攣《けいれん》にしか見えない。

ヘミングウェイがソファから、ヒラリと飛び降りた。バターを跨《また》ぎ、ベッドルームの前でお座りをして、私をじっと見つめた。

「あなたのほんの少しばかりの愛だけが、可哀想なイヌたちを救うことができるのです！　どうか愛を！　愛をください！」

青年は、まだ恵比寿駅のロータリーにいた。掠れた声で、同じ台詞を叫んでいる。

「あっ」青年が私に気づいて、あんぐりと口を開けた。「そのイヌは……」

「私の愛犬よ。ヘミングウェイっていうの」

私が握るリードの先には、何者にも媚《こ》びない逞《たくま》しいシェパードがいる。

エビスは、今回の作戦のために、保健所で処分される寸前だったイヌを探しにいったのだ。ヘミングウェイという名前も、純太郎への皮肉でつけたのだろう。エビスは、「わし、パパ・ヘミングウェイはそんな好きちゃうねん。どんな理由があるにせよ、自殺する奴には共感できんからの。人生は生きてなんぼやで」と言いながら、保健所に返すヘミングウェイを私に譲ってくれたのだ。ボロマンションがたまたま《ペット可》でよかった（大型犬を飼っていいのかはわからないが）。1LDKの部屋にシェパードを連れて帰ってきたら、純太郎はどんな顔をするだろうか。文句は言わせない。ヘミングウェイと一緒に住むのが嫌なら出ていってもらうだけだ。

「ほら、ごらん」私はリードを引き、ヘミングウェイを看板の前に連れていった。「ヘミちゃんがいるよ」

可哀想な表情に見えるイヌたちの看板。純太郎にそっくりな柴犬の写真の横に、ヘミングウェイの写真があった。この看板を思い出したからこそ、エビスの正体を見破ることができたのだ。

注意力さえあれば、いくらでも人生を変えられるし、勝つことができる。

「はい、これ」

私は五百万円の札束を青年に渡した。

「えっ？」青年が仰天《ぎょうてん》してよろめき、腰を抜かす。「あ、愛の手を……ありがとうございます」

「愛じゃないわ。イヌたちの取り分よ」

ヘミングウェイが、グイグイと私を引っ張った。威風堂々《いふうどうどう》と横断歩道を渡っていく。

勢いでエビスのチームに入ってしまった。赤の他人を別れさせてトラブルに巻き込まれるのも面倒だけども、さっきからずっと胸が高鳴っている。少なくとも場末のバーで働くよりはやりがいを見いだせるだろう。純太郎とは別れない。でも、店は閉める。彼に生活費は渡さない。夫婦であっても自分の稼ぎは自分のものだ。

彼の夢の応援はするが、見守るだけだ。それが、本物の愛ってものだろう。

横断歩道を渡ったヘミングウェイが、物欲しそうな顔で私を見つめる。

「お腹すいたの？」

ヘミングウェイが「そうだ」と言わんばかりに、ぶんぶんと尻尾を振る。

さてと。大型犬の餌はどこで買えばいいのかしら？

パピーウォーカー

横関　犬

「よっこい庄一《しょういち》」と声をかけ、岸本歩美《あゆみ》は水の入ったバケツを持ち上げた。隣にいた男子研修生がにこりともせずに言う。

「何すか、それ」

「知らへんの？　横井庄一。めっちゃ有名人やで」

「知らないっすよ。それって古いギャグでしょ。歩美さん、だいぶオヤジ入ってますね」

「うるさい。早《はよ》う片づけてや。次の仕事が待ってんねんで」

男子研修生は手にしていたモップを用具入れの中に入れた。歩美は最後に犬《けん》舎《しゃ》を見渡した。洗い残しがないか確認するためだ。問題ないと判断し、用具入れにモップとバケツをしまった。犬舎から出ると、グラウンドで訓練に励《はげ》んでいる訓練士たちの姿が見える。訓練士一人につき、犬が一頭。マンツーマンならぬマンツードッグでの指導だ。

「俺もそろそろ訓練したいな」

「せめて散歩くらいはさせてくれてもいいのにな」

前を歩く男子研修生たちはそうぼやいている。犬舎の掃除《そうじ》やグラウンドに落ちた排泄物《はいせつぶつ》の後始末《あとしまつ》ばかりやらされる毎日だ。男子研修生がぼやくのも無理はないが、愚痴《ぐち》をこぼしている暇があったら、もっとしっかり作業をしろと言いたい気分だった。

ここは西多摩《にしたま》市にある中日本盲導犬《もうどうけん》センターだ。文字通り、視覚障害者のための盲導犬を育成する施設である。まだ設立されて日が浅い施設で、歩美がここで働くようになって半年がたつ。同時期に採用された研修生の中では一番年長で、ここに来る前は生まれ故郷の大阪市で看護師として働いていた。ここの研修生募集案内をネットで見つけ、単身大阪から上京したのだ。盲導犬訓練士になるのは歩美の幼い頃からの夢だった。

グラウンドでの訓練を横目で見ながら、歩美たち研修生はセンター本館に入った。リノリウムの廊下を歩いて、事務室に足を踏み入れる。

「さて、ちゃちゃっと終わらせよか」

「そう簡単に言わないでくださいよ、歩美さん」

研修生の一人が眉《まゆ》をしかめて言ったので、歩美はその研修生をキッと睨《にら》みつける。「何か文句あんの？　やりたくないならやらんでもええで」

テーブルの上に大きな段ボール箱が三箱、置いてあった。中にはぎっしりとティッシュペーパーが詰まっている。その一つ一つに、中日本盲導犬センターのPRチラシを挟《はさ》み入れるのが今日の仕事だ。イベントで配るためのものだった。盲導犬訓練施設の運営資金は募金に頼っているため、こういう地道な作業も欠かせないのだ。

研修生たちでテーブルを囲み、作業を開始した。同時にお喋《しゃべ》りも始まってしまったが、こればかりはどうしようもないと歩美は諦《あきら》める。研修生のほとんどが大卒や高卒で入ってきているため、社会人経験のある歩美がリーダーのような役割を自然と担《にな》わされてしまっているが、歩美自身はそれを面倒だと感じることはない。三世代の大家族で育ったせいだろうと歩美は思っている。たまに口走ってしまう古いギャグは祖父の影響だ。

「俺はラブかな」

「そうだな。俺もラブに一票。できれば黒ラブ」

「でもゴールデンも捨てがたいよな」

自分が訓練士になったら最初に訓練したい犬種は何か。そんな話題になっていた。ラブラドール・レトリバーとゴールデン・レトリバー。前者はカナダ原産、後者はイギリス原産の大型犬で、明るく従順な性格のため、ともに盲導犬として多く用いられている犬種だった。

「歩美さんはどっち派？」と話を振られ、「うーん、どっちやろな」と歩美が首を捻《ひね》ったときだった。事務室の固定電話が鳴り始めた。事務室には歩美たち以外に誰もいない。訓練や雑用などで出払ってしまっているようだ。歩美は立ち上がり、受話器をとった。「はい、中日本盲導犬センターです」

「カネマツといいます。アクツさんをお願いできますか？」

男性の声がそう言った。声の感じからしてわりと年配の男性だ。

「阿久津でしたら、ただいま訓練の最中です。呼んできましょうか？」

「そうですか……」

電話の向こうから落胆《らくたん》した様子が伝わってくる。男性は続けて言った。

「訓練を邪魔するわけにはいきません。阿久津さんにお伝えください。ジャックの調子が悪いので、ちょっと見てほしい。そう伝えていただければわかります」

ジャックというのは盲導犬のことだろうと察しがついた。これは一大事だ。つまりユーザーが盲導犬の不調を訴えてきているのだ。

「わかりました。すぐに阿久津に伝えますので」

受話器を置き、歩美は事務室を飛び出した。

芝生《しばふ》のグラウンドの上では、それぞれの訓練士たちが自分の担当する候補犬の訓練をしていたが、阿久津の姿はその中に見当たらなかった。阿久津の姿を探してうろついていると、最年長の訓練士である小泉が話しかけてきた。

「何してるんだ、こんなところで」

「阿久津さんを探しているんです」

「あいつだったらあそこにいるじゃないか」

小泉が指さした先に阿久津の姿があった。グラウンドの片隅《かたすみ》に座り込んでいる。阿久津の前には黒いラブラドールが座っていた。何やら犬に向かって話しかけているようだった。

「阿久津さん、大変です」そう言いながら歩美は阿久津のもとに駆け寄った。

「カネマツさんという方から電話がありました。ジャックの調子が悪いらしいです」

阿久津がそれを聞き、立ち上がった。ひょろりと背が高く、黒縁の眼鏡《めがね》をかけている。

「聞いてました？　私の話。ジャックっていう盲導犬の調子が悪いって電話があったんですよ」

「う、うん」

阿久津は顔を真っ赤にして、歩美と目を合わせようとしない。職務質問をかけられた男のようだ。阿久津の姿を見ていて、歩美は苛立《いらだ》ちが募《つの》った。

「すぐ行きましょ。カネマツさんのところ。私が運転していきますから」

「う、うん」

どうにも煮え切らない態度だった。この阿久津という盲導犬訓練士はセンターでも無口で評判の男だった。だから歩美もこうしてまともに阿久津と話すのは初めてだが、これほどとは思ってもいなかった。これでは無口というより、対人恐怖症といった方が正解かもしれない。

「とにかく車出しますから、すぐに出かける用意をしてください。駐車場で待ってます。すぐに来てくださいよ」

歩美はそう言い残してセンター本館に戻った。車の鍵を借りて、財布と免許証と携帯電話だけを持って駐車場に向かう。五分ほど待っていると、ようやく阿久津が姿を現した。もそもそとした動作で阿久津が助手席に乗り込んでくる。背が高いため、頭が天井《てんじょう》につきそうだった。

「ほな、行きますよ」

歩美は車を発進させた。センターの駐車場から出たところで、肝心《かんじん》の行き先を聞いていないことに気づく。

「それで、どこに行けばいいんですか？」

そう訊《き》いても答えは返ってこない。んなアホな。どこ行けばええねん。歩美は心の中で突っ込んでから、もう一度訊いた。

「どこ行けばいいんですか？　ドライブに来たわけちゃうでしょ」

阿久津は何も言わず、カーナビのリモコンを操作した。すると女性の音声で「運転中は危険ですので、操作をやめてください」と注意されてしまい、阿久津は顔を真っ赤にしてうつむいてしまった。歩美は先行きを思いやりながら、近くにあったファミリーレストランの駐車場に車を入れた。

再び阿久津がリモコンを操作する。阿久津がセットした目的地は三鷹《みたか》という場所だった。ここから車で一時間ほどの距離だ。車を発進させようとしたところで、阿久津がシートベルトをしていないことに気づく。

「阿久津さん、シートベルトしてもらっていいですか？」

「う、うん」

うん、しか言えないのだろうか、この男は。舌打ちでもしたい気分だったが、さすがに先輩訓練士の前でそんなことをするわけにはいかない。歩美はアクセルを踏み、車を発進させた。

小学生の頃、近所にケンちゃんという男の子がいた。ケンちゃんはあまり喋らない子で、今で言う自閉症《じへいしょう》のようなものだと思うが、歩美はケンちゃんと家が近くだったものだから、よく一緒に学校に通った。ケンちゃん宿題やったんか？　ケンちゃんそっち行ったら車来て危ないで。一方的に歩美が話しながら、ずっと一緒に学校に通ったものだった。

阿久津を見ていると、なぜかケンちゃんのことを思い出した。そういえばひょろりとした体型もケンちゃんによく似ている。

三鷹というところは閑静《かんせい》な住宅街だった。歩美は一軒の住宅のインターホンを押した。表札《ひょうさつ》には『兼松《かねまつ》』と書かれていた。古い日本風の木造家屋だった。

ドアが開き、濃いサングラスをかけた男性が姿を現した。その動きから視覚障害者であることがわかる。歩美は頭を下げた。

「中日本盲導犬センターから来ました岸本です」

兼松は怪訝《けげん》そうな顔をした。それを見て、歩美は背後を振り返った。

「阿久津を連れてきました。ほら、阿久津さん」

「こ、こんにちは」

阿久津がぎこちなく頭を下げると、兼松さんが安心したように顔をほころばせた。「どうぞお上がりください」

よくこれで盲導犬訓練士が務まるものだ。歩美は不思議に思った。歩行指導や盲導犬の扱い方などをユーザーに指導するのも訓練士の仕事だった。阿久津が流暢《りゅうちょう》に説明している姿を思い浮かべることができなかったが、兼松という男性の様子を見る限り、彼が阿久津に対して信頼の念を抱《いだ》いていることは伝わってきた。

リビングに案内される。窓際にゲージがあり、中に一頭の黒いラブラドールが横たわっていた。この犬がジャックなのだろう。ジャックは部屋に入ってきた歩美たちを見て、立ち上がって尻尾《しっぽ》を振った。正確には阿久津を見て尻尾を振ったのだろう。歩美はジャックとは初対面だ。

阿久津は真《ま》っ直《す》ぐにゲージに向かい、ジャックの頭を撫《な》でた。「どうぞお座りください」とすすめられ、歩美がソファに座ると、兼松さんが眉間《みけん》に皺《しわ》を寄せて話し始めた。

「ここ三日間くらいなんですが、自宅に帰ってくるとジャックがぐったりとした感じになってしまうんです。ご飯も半分くらい残してしまうんで、気になってご連絡したんです」

盲導犬の育成だけではなく、アフターケアも盲導犬訓練士の大事な仕事だった。ユーザーから相談があった場合、素早く対応するのがセンターの基本姿勢だ。

阿久津はジャックの頭を撫でてから、目のあたりや舌の状態などを隈《くま》なくチェックしていた。訓練士はドクターの資格を持っているわけではないが、ベテランの訓練士になれば、犬の様子を見ただけである程度のことは把握《はあく》できるらしい。

阿久津がジャックの状態をチェックしている間、歩美は壁に飾られた数枚の写真を見た。どの写真にも兼松さんとジャックが一緒に写っている。名実ともに兼松さんとジャックは二人三脚《ににんさんきゃく》で人生を歩んでいるのだ。

「初めまして、岸本さん。センターの仕事は楽しいですか？」

兼松さんに優しい口調で話しかけられ、歩美はうなずいた。

「はい、楽しいです。まだ慣れないことばかりですけど。ところで兼松さん、旅行がお好きなんですね」

壁に飾られている写真は、すべて国内の景勝地《けいしょうち》で撮《と》られたものだった。北海道から九州まで、各地の写真が並んでいる。

「ええ、ジャックと一緒に歩くようになってから、旅行が趣味になったんです。旅行から帰ってきたら、その写真をブログにアップするんですよ。職場の同僚たちにも好評です」

キッチンのテーブルの上にノートパソコンが置いてあるのが見えた。音声読み上げソフトを使って、パソコンを利用している視覚障害者の方は数多くいる。兼松さんもそのうちの一人なのだろう。今度彼のブログを是非《ぜひ》覗《のぞ》いてみるとしよう。

「私は普段、図書館で司書として働いているんですが、あと三年で定年を迎えるんです。退職したら、ジャックと一緒に念願の海外旅行に行くのが夢なんですけどね」

その夢は叶《かな》わないかもしれない。どこかそんな口振りだった。仮にジャックに異常が認められたとして、それが確実に治る疾患《しっかん》であるならいい。しかし盲導犬生命に関わる疾患であった場合、ジャックはこの家から去らなければならないのだ。彼の心境が伝わってくるようで、歩美はかける言葉を見つけることができなかった。

阿久津がこちらに向かって歩いてきたので、歩美は訊いた。

「ジャックの様子はどうですか？」

「ええと……」

もにょもにょと口を動かしているが、何を言っているのか聞きとることができない。歩美はちょっと口調を強めて言った。

「もっと大きな声で」

「う、うん」阿久津は顔を赤くして言った。「ぼ、僕が見た限り、異常は見受けられません」

兼松さんが息を吐いた。少し安堵《あんど》したような表情だった。阿久津がジャックを見ながら言った。

「か、兼松さん、少しジャックをお借りしてよろしいですか？」

歩美は芝生の上に座り、阿久津とジャックが遊んでいるのを眺めていた。阿久津が投げたボールを、ジャックが尻尾を振りながら追いかけていく。

近くの公園に来ていた。ここに来るまでの車中で聞いたところ——聞き出すのに苦労し、かなりの時間を要したが——ジャックの訓練を担当していたのは阿久津本人らしい。道理でジャックが喜ぶわけだ。阿久津と戯《たわむ》れているジャックを見ても、とても体調を崩しているようには見えなかった。

ボール遊びをやめた阿久津は、ジャックと顔を突き合わせるように芝生の上に座り込んだ。さきほどもセンターのグラウンドでも同じように訓練犬と向かい合っていたことを思い出し、歩美は足を忍ばせて、阿久津に近寄った。

「ふーん、そうかい。元気でやっているんだね。僕？　僕も元気だよ。今はね、クリスっていう犬を訓練しているんだよ。ジャックと同じ黒いラブラドールだ。あまり訓練が好きじゃないみたいだけど、素質はあると思うんだよ」

何や、こいつ。メッチャ喋ってるやん。歩美は驚き、恐る恐る阿久津の背中に向かって問いかけた。

「あの、いったい何をしていらっしゃるんでしょうか？」

振り向いた阿久津が顔を赤面させて言った。「ジャックと……ジャックと話してるだけ」

んなアホな。歩美は心の中で突っ込む。犬と話せるなんてムツゴロウさんぐらいだ。いや、ムツゴロウさんでも無理だろう。

「犬と、お話しできるんですか？　阿久津さんは」

「う、うん。まあ」

「ちょっと待ってくださいよ」歩美は頭の中を整理しながら言った。「つまり阿久津さんは、犬の言葉を読みとれるってわけですか？」

「正確に言えば違うけど、何となく犬の言っていることがわかるっていうか……」

やはりこの男は変わってる。歩美はまじまじと阿久津の顔を見た。冗談を言っているようには見えなかった。

「じゃあジャックは何て言ってるんです？　調子の悪い原因は何なんですか？」

「そこまではジャックもわからないって。ちょっと確かめたいことがあるんだ」

阿久津はそう言ってジャックの首にリードを装着し、歩き出した。確かめたいこととは何だろう。歩美はそんな疑問を覚えながら阿久津の背中を駆け足で追う。駐車場に停《と》めたワゴンのロックを解除すると、阿久津はジャックを助手席に乗せ、自分は後部座席に乗り込んだ。歩美は運転席に乗り込んで、車を発進させた。

ジャックはきちんと助手席に座り、前方を眺めている。賢そうな横顔だ。いや、実際に賢いのだ。厳しい訓練を受け、試験に合格した盲導犬なのだから。

訓練を受けた候補犬のすべてが盲導犬になれるわけではない。訓練中に盲導犬に不向きであると判断される場合もあるし、特にラブラドールは股関節形成不全《こかんせつけいせいふぜん》という先天的な疾患が見つかってしまうこともある。各施設によってばらつきはあるが、訓練した候補犬が晴れて盲導犬になれるのは三割から五割程度だ。

兼松の自宅まであと少しというところで、突然ジャックの様子がおかしくなった。背筋を伸ばして助手席に座っていたジャックが、いきなり怯《おび》えたように体を丸めてしまったのだ。

「阿久津さん、ジャックが……」

バックミラーを覗くと、後部座席で阿久津が険《けわ》しい表情で言った。

「う、うん。わかってる」

「わかってるじゃありませんって。いったい何がどうなっているんですか？」

「兼松さんのお宅には何かがあるんだと思う。ジャックを怯えさせる何かが、ジャックの様子を狂わせているんだ」

「もしかして、兼松さんがジャックを……」

「たぶんそれは違うと思う。ジャックもそう言ってる」

「ジャックが、そう言ってる？」

まったく意味不明だ。本当にこの男は犬の言葉を解するとでもいうのだろうか。それにしても——。歩美は悪い想像を打ち消そうと努力した。しかしそう考えるのが必然だと思った。ジャックは家に帰りたくない。なぜか。そう、飼い主に対して怯えているからだ。

兼松家の前で車を停めた。阿久津が後部座席から降りながら言った。

「とにかく一晩、ジャックをセンターに連れていくことにする。これから兼松さんに事情を話してくるから」

「ジャック……」

ハンドルから手を放し、歩美はジャックの背中を撫でた。わずかだがジャックが震《ふる》えている。しばらく待っていると、阿久津が玄関先から出てきた。そのまま車の方に向かってきた阿久津だったが、不意に立ち止まって足元から何かを拾い上げた。何かを思案するような顔つきで、指につまんだ何かを見つめている。

「どないしたんですか？」

歩美は思わず車から降り、阿久津のもとに駆け寄っていた。阿久津が指でつまんでいるのは四角い物体だった。半透明の包装紙のようなものに包まれている。阿久津が包装紙を剝《は》がすと、茶色い固形物が現れた。その匂《にお》いを嗅《か》いで、阿久津が言った。

「キャラメル」

「キャラメル？」

「う、うん。キャラメル」

阿久津はキャラメルを手の平の上で転がしながら、何かを考えているようだった。あっ。歩美はアスファルトの上にへばりついているそれを発見する。阿久津が手にしているものと同じミルクキャラメルだった。こちらは車に踏まれてしまったようで、形状をとどめていない。

「阿久津さん、ここにもキャラメルが落ちてますよ。あっ、こっちにもある」

アスファルトにこびりついたキャラメルを剝がそうとしていると、車のドアが閉まる音が聞こえた。振り返ると阿久津が後部座席に乗り込んだところだった。窓を開けて、阿久津が言った。

「もう一軒、寄りたいところがある。お願いできるかな？」

「合点《がってん》承知の助」と歩美がおどけて言っても、阿久津はくすりとも笑わずに手にしたキャラメルを眺めていた。


次に向かった先は荻窪《おぎくぼ》だった。住宅街の路肩《ろかた》に車を停め、阿久津は一軒の洋風住宅のインターホンを押した。表札には『木島』と書かれていた。しばらく待っていると、中から三十代後半くらいの女性が姿を現した。

「え、ええと、ぼ、僕は……」

いきなり阿久津が口ごもってしまったので、歩美は身を乗り出して言った。

「私は中日本盲導犬センターの岸本です。以前、こちらでパピーウォーカーをされていましたね。その件で伺いました」

「ジャックですね」奥さんが懐《なつ》かしそうな笑《え》みを見せた。「憶《おぼ》えていますとも。ところでジャックが何か？」

「いえいえ。近くまで来たものですから、ジャックの近況を報告しようと思った次第です。少しお邪魔してよろしいですか？」

「そういうことですか。どうぞお上がりください」

靴《くつ》を脱ぎ、阿久津とともにリビングに案内される。白い壁紙を基調とした、シンプルな内装だった。ソファに座って待っていると、奥さんがお盆を持ってやってきた。冷たい緑茶が注《そそ》がれたグラスをテーブルの上に置きながら、奥さんが言った。

「それでジャックは元気にしているんですか？」

「ええ、元気ですよ」歩美はうなずいた。「ジャックは大変優秀な盲導犬になりました。今もユーザーのもとで仕事に励んでいます。ジャックが立派な盲導犬になれたのも、木島家の皆さんがパピーウォーカーとして愛情を注いでくださったお陰です。大変感謝しております」

パピーウォーカー。生後二、三ヵ月の盲導犬候補である仔犬《こいぬ》を約一年間、自宅で預かってくれるボランティアのことだ。たっぷりの愛情を注がれる環境で成長することにより、人間とともに生活することに慣れ、人間のことが大好きな犬になる。それがパピーウォーカーという制度の目的だった。たった一年間という短い期間ではあるが、仔犬にとっても、それを預かる家庭にとっても、貴重で忘れがたい一年間になるらしい。木島家がジャックのパピーウォーカーをしていたことは、ここに来るまでの車中で阿久津から教えられていた。

「あれからもう八年、いや九年もたつんですものね。早いものですわ」

奥さんが目を細めた。木島家の方々はジャックのことを今も忘れていない。その事実に歩美は少し嬉《うれ》しくなった。できれば車で待っているジャックをここに連れてきて、奥さんを喜ばせてあげたいところだったが、原則としてそれは禁止されている。

「ご主人と息子さんはお元気ですか？　できればご挨拶《あいさつ》をしたいと思うのですが」

木島家の家族構成についても阿久津から事前に聞かされている。奥さんは首を横に振って答えた。

「主人は仕事に行っておりますし、息子は学校です。息子は学校が終わったら塾に行くので、帰りは遅いです。主人の方も帰りは遅いと思いますよ」

話している奥さんの顔を盗み見た。初対面なので以前との比較はできないが、あまり健康そうな顔ではない。顔色も青白く、頬のあたりもやつれているような気がした。隣の阿久津を見ると、話を聞いているのか、いないのか、おどおどしながら家の中を見回している。歩美は阿久津がここに来た真意を推理する。

ジャックの不調が木島家と関係あるとでもいうのだろうか。しかし木島家ではジャックが兼松家にいることを知らないはずだ。自分が育てた犬が誰のもとで働いているか。そうした情報がパピーウォーカーに対して明かされることはないからだ。

「ところで奥さん」歩美はグラスの緑茶を一口飲んでから訊いた。「引退した盲導犬を引きとる制度があることはご存知ですか？」

「ええ。そうした制度があることは存じております。ジャックを飼っていたとき、センターの方にも説明されましたから」

「ボランティアに頼らざるをえないのが、今の我々の業界の現実です。もしも木島家の方々が希望されるなら、パピーウォーカーである木島さんを最優先して、ジャックをもう一度お預けすることも可能です。ただし引退した盲導犬を引きとるということは、看《み》とるということです。精神的にも余裕があるようでしたら、一度ご検討いただけると嬉しいです」

「有《あ》り難《がた》い申し出です。息子もジャックのことが大好きでした。ジャックが去ってから、ラブラドールを飼おうと考えたくらいです」

当たり前のことだが、パピーウォーカーになろうと考えるくらいだから、木島家のご家族は全員が犬を好きなのだろう。

「ですが、ジャックを再び引きとることはないと思います」

奥さんが小さく頭を下げた。その表情はどこかしら悲しんでいるように見受けられた。

「わかりました。別に無理にとは言いませんので、気になさらないでください。我々はここで失礼します」

歩美たちは奥さんに見送られて外に出た。時刻は正午になろうとしていた。朝早くから働いているので、お腹《なか》が空いている。

「それで何かわかったんですか？」

歩美がそう訊いても、阿久津は返事をしない。黙ってうつむいている。

「センターに戻りましょ。車の中で話を聞かせてください」

歩美がそう言っても、阿久津は車に乗ろうとしなかった。車のドアの前でもじもじとしている阿久津を見て、歩美は苛立った。「何してるんですか。帰らないなら置いていきますよ」

「う、うん。僕はもうちょっと調べてみるから……」

「調べるって、何するんですか？」

「聞き込み」

「聞き込み？」

いったい何を知りたいというのだろう。しかしそれ以前の問題として、この男に他人から話を聞き出せるわけがないと歩美は思った。しゃあないな、と歩美は覚悟《かくご》を決める。

「私も付き合いますよ。それより腹ごしらえしましょ。聞き込みはそれからでもいいですよね」

勝手に決めつけて、歩美は運転席に乗り込んだ。ジャックの不調。兼松家の前に落ちていたキャラメル。パピーウォーカーである木島家。ジャックの周りで何が起きているのか。それが気になっているのも事実だった。

アクセルを踏む前に、木島家の方に目を向けた。道路に面して柵があり、その向こうに狭い芝生の庭があった。さまざまな樹木が植えられているが、手入れが行き届いていないようで、どこか荒れた印象を受けた。

センターに戻ったのは午後四時だった。歩美はジャックを常駐《じょうちゅう》している獣医の先生に預けてから、研修生のティッシュ作りに合流した。あまりはかどっておらず、半分ほど終わっただけだった。そのまま午後六時まで作業を続けて、一日の業務が終了となった。

廊下を歩いていると、訓練士の小泉に話しかけられた。

「よう、岸本。阿久津とどこに行ってたんだ？」

「それが……」

阿久津と行動をともにして、見聞きしたことを小泉に話した。小泉は楽しそうに歩美の話に耳を傾けていた。

「小泉さん、ほんまですか？　ほんまに阿久津さん、犬と喋ることができるんでしょうか？」

小泉は歯を見せて笑った。このセンターの発足当時からのメンバーである小泉は、訓練士から父親のように尊敬されている。

「どうだろうな。でも方法はどうであれ、あいつほど犬のことを理解している人間はこのセンターにはいない。あいつにはいろいろあったからな」

何があったというのだろう。歩美の感じた疑問を察したのか、小泉が真剣な顔をして言った。

「あいつに訊けと言ったところで、あいつは何も答えないだろうけどな。俺が阿久津と出会ったのは、今から十五年前のことだった」

阿久津は幼い頃から母子家庭に育った。母親の帰りは遅く、話し相手は飼っている雑種の犬だけだった。その犬はもともと捨て犬で、阿久津が小学校の頃に拾ってきた犬だった。

阿久津は学校でもいじめられていた。どんどん内向的な性格となり、飼い犬と話すことだけが唯一の心の拠《よ》りどころとなった。

「俺も詳しくは知らないが、あいつが中学生のときに母親に恋人ができたらしい。それで家に居づらくなったみたいだ。しかしあいつは我慢《がまん》した」

中学三年生のとき、突然の別れが訪れた。ずっと飼っていた犬が死んでしまったのだ。金もないので獣医に連れていくことさえできず、阿久津は一人で愛犬の死を看とった。

「当時、俺たちは西多摩市内の工場跡地で細々と活動していた。ある日、俺は遠くから訓練を見ている少年の姿に気づいた。少年は毎日のようにフェンス越しに訓練を眺めていた。それが阿久津だったんだ」

　ある日、小泉は見かねて少年に声をかけた。盲導犬に興味があるのか。そう訊くと、少年は躊躇《ためら》いがちにうなずいた。たどたどしい口調で少年が語った話によると、家を飛び出してきて帰る場所すらないという。小泉はその少年を放っておくことができなかった。

「それ以来だ。あいつは工場跡地の狭い事務所で寝泊まりしながら、雑用から何まですべてをこなした。俺たちが帰ったあとも、あいつは犬舎の前でずっと犬と一緒に過ごしてきたんだ。犬と話ができるというのも、満更《まんざら》嘘でもないと俺は思っている」

　阿久津の過去を聞き、歩美はその凄絶《せいぜつ》さに言葉を失っていた。同世代の者たちが高校生活を謳歌《おうか》している間、阿久津は毎晩一人、工場跡地の犬舎の前で、犬たちと語り合っていたというのだ。

「岸本、今回の件だが、阿久津に最後まで付き合ってやってくれないか？」

「私が、ですか？」

「そうだ。お前みたいな女の方が、あいつとうまくやれるのかもしれない。そういえば阿久津だが、グラウンドのベンチに座っていたぞ」

私みたいな女とはどういうことかと気になったが、今日一日阿久津と接してみて、それほど苦にはならなかったのも事実だ。

「頼んだぞ、岸本」

そう言って小泉は歯を見せて笑い、立ち去っていった。歩美はグラウンドに向かうことにした。小泉の言っていた通り、グラウンドの片隅にあるベンチに阿久津が座っていた。

「何見てはるんですか?」

阿久津は背中を丸めて、一枚の書類を見ていた。上から覗き込むと、阿久津が驚いたような顔をした。

「う、うん」

「うん、じゃないでしょうに。ちゃんと答えてください」

歩美は強引に阿久津の手から書類を奪いとった。その書類に目を通し、歩美は驚いた。

「こ、これって、ジャックを引きとる希望申請書じゃないですか」

「う、うん」

リタイヤした盲導犬を引きとりたいという、木島家からの希望申請書だった。しかし昼間に会ったときの奥さんからは、そんな意思は微塵《みじん》も感じとることができなかった。奥さん以外の誰かがこの申請書を出したということか。申請者の記入欄には『木島忠志《ただし》』という名が記されている。生年月日から推測して、おそらくご主人の名前だろう。

「なぜですか？　奥さんはそんなことは一言も……」

「う、うん」

「彼女は知らなかったということですか？」

「た、多分」

つまり奥さん以外の誰かが、この申請書をセンターに出してきたというわけだ。書式からしてネットで申請してきたものだとわかる。このセンターが開設されたのを機に、ホームページもリニューアルされ、いろいろな申請がネットでできるようになったことは歩美も知っている。

パピーウォーカーになるためには、いくつかの条件をクリアしなければならず、木島家も例外ではない。犬好きであることが第一条件ではあるが、それ以外にも細かい条件がある。実はさきほど、歩美は作業の合間を見計らい、木島家の資料に目を通していた。

その資料によると、九年前の当時、木島家のご夫婦は二十代後半で、一人息子も小学校に上がったばかりの頃だった。ご主人は外資系の商社に勤務していて、念願の一戸建てのマイホームを手に入れた直後だった。経済的にも余裕があり、専業主婦である奥さんが常に家にいることから、パピーウォーカーとして仔犬を任せられると判断されたらしい。

その判断は間違ったものではなかった。ジャックは木島家の愛情を受けて育てられ、一年後に木島家を去った。約一ヵ月の訓練を受けたのち、晴れて盲導犬となったジャックは兼松さんというパートナーに出会う。ジャックは彼の日常生活の手助けをして、休日には日本中を旅して歩いた。今ではジャックは、すっかり彼の体の一部となっていると言っても過言ではないだろう。

「あの家にジャックを戻すことは無理だと思います」

荒れた庭の様子が脳裏によぎった。あの家に、木島家にジャックを戻すことは難しいような気がした。そうなのだ。木島家は今――。

「う、うん。僕もそう思う」

阿久津はそう言ってベンチから立ち上がった。それからすたすたと本館の方へ歩き出した。

「阿久津さん、明日も私を一緒に連れていってください。お願いします」

阿久津の背中に向かって頭を下げると、彼は立ち止まって振り返った。ちらりと歩美を見てから、すぐに阿久津は踵《きびす》を返して歩き出してしまう。

「ちょっと待ってください。明日必ず連れていってくださいよ」

阿久津の隣に追いついて、もう一度念を押した。阿久津は困ったように鼻をかいている。その顔を見ていて、何となく察しがついた。

「まさか、今から？」

「兼松さん、待ってるから」

阿久津は言葉少なに言ったが、それだけで歩美は阿久津が言わんとしていることに気がついた。今も兼松さんはジャックの帰りを待ち侘《わ》びているということだ。ジャックのいない生活に、彼は戸惑《とまど》っていることだろう。そう考えれば一刻の猶予《ゆうよ》もない。

「了解です。私も行きます。駐車場で待っといてください。車の鍵、借りてきますんで」

俄然《がぜん》やる気が出てきたような気がして、歩美は本館に向かって走り出した。

阿久津とともに向かったのは南荻窪にある学習塾だった。学習塾の入り口が見渡せる路肩に車を停め、見張りを始めてからもう三時間が経過しようとしていた。時刻は午後九時を過ぎている。

学習塾の前にたこ焼きの屋台が出ていた。学習塾帰りの生徒を客と見込んだ屋台らしく、制服を着た高校生や中学生たちが屋台でたこ焼きを買い、それを分け合うように食べる姿をさきほどから何度も目撃していた。それを見ているだけでお腹が空いてくるのだった。

上京して以来、何度か東京のたこ焼きを食べたが、美味《おい》しいと思えるたこ焼きには現在のところ出会っていない。もしかするとあの屋台で売られているたこ焼きこそが、私が求めているたこ焼きなのかもしれない。そう思うと居ても立ってもいられなくなったし、実際にさっきからお腹はぐうぐう鳴り続けている。

阿久津は助手席のシートに深くもたれ、学習塾の方に目を向けている。阿久津から話しかけてくることなどないが、特に居心地の悪さを感じることはなかった。

学習塾から人が出てくるたびに、阿久津は身を起こして生徒たちの顔を観察していた。状況から考えて、おそらく阿久津が捜《さが》しているのは木島さんの一人息子だろう。学校が終わったら塾に行くと奥さんが言っていた。息子さんが通っている塾を調べ上げ、阿久津はこうして見張っているわけだ。何か話を聞きたいのだろうか。

空腹が限界まで近づいていたので、歩美は財布をとりだし阿久津に声をかけた。

「私、何か買ってきますよ。私にご馳走《ちそう》させてください。私が勝手についてきたようなもんやし。あっ、うっかり八兵衛。お金おろすの忘れてた」

阿久津はくすりとも笑わない。反応すらしない。東京の人にはボケとツッコミという概念《がいねん》すらないのだろうか。そう思いながら、歩美は財布の中身を再度確認する。やはり紙幣《しへい》は一枚も入っておらず、小銭入れに三百円ほど入っているだけだ。歩美は阿久津に向かって頭を下げた。

「阿久津さん、千円でいいから貸してもらえませんか?」

阿久津は何も言わず、財布から千円札を一枚出してくれた。それを受けとった歩美はドアを開け、屋台に向かって走った。たこ焼きを一パックと二本の缶コーヒーを買い、急いで車に戻った。

「どうぞ。これ、食べてください」

パックを開けると、ソースの香《こう》ばしい匂いが車内に漂《ただよ》った。爪楊枝《つまようじ》をたこ焼きに刺して、阿久津の方に向ける。阿久津はなかなかたこ焼きをとろうとしない。

「もしかして、たこ焼き嫌いですか？」

阿久津は答えず、首をひねった。嫌いというより、わからないといった感じの仕草だった。

「まさか、たこ焼き食べたことないんですか？」

「う、うん」

んなアホな。たこ焼きとは国民食ではないのだろうか。いや待てよ、もしかするとそう思っているのは大阪人の私だけで、東京の人はたこ焼きなんて食べないのかもしれない。いやいや、それはない。この男が特殊なのだ。現にああして屋台も出ているではないか。

「いいから食べてみてください」

そう言ってパックを押しやると、阿久津は恐る恐るといった感じで爪楊枝に手を伸ばした。五秒ほど爪楊枝に刺さった物体を観察したあと、阿久津はたこ焼きを口の中に放り込んだ。かなり熱かったようで、阿久津はハフハフ言いながら、目を白黒させていた。缶コーヒーの蓋《ふた》を開けて、阿久津の右手に持たせてあげた。世話が焼ける男だ。

「どうです？　美味しいですか？」

歩美が訊くと、阿久津がうなずいた。

「う、うん。美味しい」

歩美も食べてみることにした。息を何度も吹きかけて少し冷ましてから、半分ほど食べてみた。悪くない。これが人生初のたこ焼きならば上出来だろう。

「ほら、遠慮《えんりょ》せんでもう一つ」

そう言って歩美がパックを差し出したときだった。阿久津の顔が真剣なものに変わった。阿久津は爪楊枝を手にしたまま、真っ直ぐに学習塾の入り口を見つめていた。

ちょうど授業が終わったらしく、学習塾の入り口から、さまざまな制服を着た生徒たちが出てきたところだった。多くの生徒たちが徒歩で駅の方に流れていく。

阿久津は生徒たちの中に目当ての人物を見つけたようだった。小さくうなずいて、阿久津は言った。

「行こう」

「尾行《びこう》ですか？　誰を尾行すればいいんですか？」

「あの子」

阿久津の視線の先には多くの高校生がいるので、阿久津が誰のことを言っているのかわからない。阿久津は続けて言った。

「駅に向かった……。行こう、先回りできる」

三鷹の住宅街は静まり返っている。夜の十一時になろうとしていた。たまに会社帰りのサラリーマンとおぼしき男性が歩いていくだけで、それ以外に人の往来はない。兼松家も寝静まっているようで、電気は完全に消えていた。ジャックのいない夜を、彼はどんな思いで過ごしているのだろう。

「さっきのたこ焼き、美味しかったですね」

「う、うん」

「大阪のたこ焼きはもっと美味しいんですよ。さっきのも悪くなかったですけど」

「う、うん」

「それにしても、時の流れっていうのは残酷ですね」

今日の午後、阿久津とともに木島家の近所を聞き込みをして歩いた。木島家の評判を探るのが目的だった。主婦というのはお喋りなもので、こちらが訊いていないことまで話してくれた。

主婦たちの噂話《うわさばなし》によると、木島家の夫婦仲が冷え始めたのは、ここ一ヵ月ほどのことらしい。ご主人の帰りが遅くなり、奥さんが旦那《だんな》さんの浮気を疑い始めたことがきっかけだった。奥さんが問い詰めても、残業だからという言い訳が返ってくるだけで、奥さんの不安だけが募っていったという。休日にも接待ゴルフという名目で家を空けてしまう夫に対し、奥さんはいい加減《かげん》愛想が尽きたようだ。もう駄目《だめ》かもしれない、私たち。そんな弱気な発言が、最近の奥さんの口から洩《も》れることもあるみたいだ。

「ほんまに木島さんところのご夫婦、離婚してしまうんでしょうかね」

阿久津は答えず、首をひねるだけだった。

「旦那をとっちめてやればええんですよ。私だったらそうしますもん」

不健康そうだった奥さんの顔を思い出した。毎日、あれこれ思い悩んでいるのだろう。

「あっ」

阿久津の声に歩美は顔を上げた。道路の向こう側から黒い人影が近づいてくるのが見えた。あたりを警戒しているような足どりだった。歩美は相手に見つからないように、シートに深く腰かけた。隣を見ると、阿久津も同じ姿勢で窓の向こうを見据《みす》えている。

一瞬だけ街灯《がいとう》に照らされた人影を見て、歩美は息を飲む。制服を着た少年だったからだ。少年は兼松家の自宅に近づいていき、門の近くで立ち止まった。

一分ほどだろうか。少年は兼松家の門の前でこそこそと怪しい動きをしてから、一目散《いちもくさん》に逃げ去っていった。少年の姿が通りの向こうに消えるのを見届けてから、阿久津がそっとドアを開けた。歩美も同じようにドアを開け、外のアスファルトに降り立った。

忍び足で兼松家に向かった。門の前で立ち止まった阿久津は、郵便ポストに目を向けた。アルミ製の郵便ポストだった。

阿久津はポストの裏に手を伸ばし、何かを探している様子だった。

心臓が音を立てていた。いつ兼松さんが起きても不思議ではない。こんな場面を見られてしまったら、まるで私たちが泥棒だ。

阿久津はポストの裏から何かを摑《つか》みとり、そのまま忍び足で引き返していく。歩美も阿久津の背中を追うようにして車まで戻った。運転席に乗り込んだ歩美は、阿久津が右手に握っている細長い物体を見て、首を傾《かし》げた。

「何ですか？　それ」

「ええと、これは……」

「何なんですか。はっきり言ってください」

阿久津はポケットからスマートフォンをとり出し、何やら操作を始めた。しばらくして阿久津はスマートフォンの液晶《えきしよう》画面をこちらに見せた。歩美はそれを奪いとり、目を凝《こ》らして液晶を見た。

どこかの通販サイトだった。超音波発生器と言われる代物《しろもの》がそこに映っている。阿久津が手にしているものと形状がよく似ている。

「これって……」

つぶやくように言い、歩美はサイトの商品説明を読む。人間の耳には聞きとれない超音波を発生させる機器で、畑などの鳥獣被害対策で使用されるものらしい。発生させる音波は二〇デシベルとあったが、それがどの程度の音なのか、歩美にはわからなかった。

「二〇デシベルって、どのくらいの音量なんですか?」

「と、時計の秒針くらいの音」

阿久津が短く答えた。

「何や、その程度なんですか。あっ、でもちょっと待てよ」

聞きとることができる音域、つまり可聴域《かちょういき》は人間と犬とでは決定的に違う。犬の方がはるかに聴力が優れているからだ。阿久津が歩美の心の中を見透《みす》かしたように言った。

「五倍」

「犬の聴力は人間の五倍ってことですか……」

犬の雷嫌いは一般的にもよく知られているが、犬という生物は音に敏感だ。寝ているときでさえ、聴覚だけは活動しているという。

「あかん、あかんって。そんなの拷問《ごうもん》やないですか。ジャックは毎晩騒音を聞かされていたってわけですか」

阿久津がうなずきながら、超音波発生器の裏蓋を外し、そこから乾電池を引き抜いた。

「それにしてもあの子は誰なんですか？　それになぜ、阿久津さんはあの子がここに来ることに気づいたんですか？」

「木島さんの……息子さん。電池の交換に来たんだよ」

やはりあの少年は木島家の息子さんだったのだ。半ば予期していたことではあるが、歩美は改めて疑問に感じた。木島さんの息子さんが、なぜこんな酷《ひど》い真似《まね》を……。

阿久津は困ったような表情をして、超音波発生器に視線を落としている。歩美は髪をかき上げながら言った。

「どうなってんのやろ。さっぱりわからへん。阿久津さんもわかりませんよね。いったい何がどうなっているか」

隣で阿久津が首を振った。

「ぼ、僕には全部わかっちゃった。だから困ってる。どうしたらいいのかわからないから」

んなアホな。歩美は阿久津の顔をまじまじと見つめた。阿久津は鼻の頭を指でかきながら、小さく溜《た》め息をついた。

「奥さん、お構いなく。今日は息子さんはご在宅ですか？」

歩美がそう訊くと、お茶の用意をしていた奥さんが怪訝そうな表情を浮かべて言った。

「息子ですか？　ええ、今日は土曜日なので自分の部屋で勉強をしているはずです。午後からは塾に行くと言っていましたけど」

「今日は息子さんに少しお話があるんです。呼んでいただけると有り難いのですが」

「え、ええ。そういうことでしたら」

奥さんはナプキンで手を拭《ふ》いてから、リビングの脇にある階段の下へ行き、二階に向かって声をかけた。「弘明《ひろあき》、ちょっと降りてきてくれるかしら。盲導犬センターの方があなたにお話があるみたいよ」

一夜明け、歩美は阿久津と一緒に再び木島家を訪れていた。旦那さんは外出しているようだった。しばらく待っていると、二階から一人の少年が姿を現した。ひょろりとした体格の男の子で、眼鏡をかけている。頭のよさそうな子だった。

弘明君はこちらを見向きもせず、ソファに座って手にしていたスマートフォォンをいじり始めた。今どきの子供といった感じだ。弘明君の隣に座った奥さんの方が、よほど深刻そうな顔をしている。二日続けて歩美たちが訪れたことに警戒感を抱いているのは明らかだった。

「早速ですが、ジャックのことです」歩美は単刀直入《たんとうちょくにゅう》に切り出した。「ここ数日、ジャックの様子がおかしかったので、私たちは調査をしていました。その結果、こんなものが兼松さんのお宅の前から発見されました」

歩美は例の超音波発生器をテーブルの上に置いた。奥さんは不思議そうな顔でテーブルの上に視線を向けたが、弘明君はスマートフォンから目を離そうとしない。

「これは超音波発生器といって、人間には無害ですが、犬にとっては騒音ともいっていいノイズを発生させる機器です。何者かが兼松さんのお宅に仕掛けたんですよ」

「ちょっとお待ちください」たまりかねたように奥さんが口を挟んだ。「おっしゃっている意味がよくわかりません。それより兼松さんというのはどなたなのですか？」

「現在、ジャックと一緒に暮らしている方。そう言えばおわかりでしょう。木島家のどなたかが、この装置を兼松さんのお宅に仕掛けた。私たちはそう睨んでいます」

奥さんが目を丸くして言った。

「仕掛けただなんて、そんな……。だって私たちはジャックがどこにいるかなんて知りようがないんですよ。言いがかりもいいところですわ」

「それがそうでもないんです。ネットさえ使えれば、ジャックの居所を知ることは可能なのです」

歩美は説明した。兼松さんは旅行を趣味としていて、旅行先で撮った写真をブログに掲載していること。ブログにはジャックの写真も載っていて、短い日記風の文章もそこに書かれていること。

「本来、自分が飼っていた仔犬が、どこで暮らしているか、パピーウォーカーに知る手立てはありませんでした。ただ、今は違います。盲導犬。ジャック。そうネットに入力して検索すれば、兼松さんのブログに辿《たど》り着くことができるんです。これはネット社会の生んだ功罪といえるでしょう。さすがに我々も犬の名前を変えてまで、それを防ごうとは考えませんから。息子さんが手にしているスマホなら、それができるんです」

弘明君はスマートフォンから目を離そうとしなかったが、指の動きはぴたりと止まっていた。歩美の言葉に耳を傾けている証拠だった。

「それとこんなものも兼松さんのご自宅の前に落ちていました」歩美はそう言いながら、半透明の包装紙に包まれたキャラメルをテーブルの上に置いた。

「見ての通り、キャラメルです。まるでジャックをおびき出そうとするかのように、道路に点々と落ちていました」

奥さんが首を傾げて言った。

「キャラメル？ なぜそんなものが……」

「パピーウォーカーのご家庭には、こちらで指定したドッグフード以外は食べさせないよう、そう指導しています。奥さんもご存知のこととは思いますけど。でもこう考えることはできませんか。奥さんの目を盗んで、こっそり別の食べ物をジャックに与えていた人間がいた」

そのときだった。玄関の方でインターホンが鳴るのが聞こえた。腰を浮かしかけた奥さんを制し、歩美は阿久津に対して目配せを送った。

「私たちが呼んだゲストが到着したようです。こちらにお連れしてよろしいですか？」

ずっと黙っていた阿久津が立ち上がり、玄関の方に向かって歩いていった。残された歩美は奥さんと弘明君の二人を交互に見る。奥さんの方が困惑している様子だった。その不安な胸中《きょうちゅう》が伝わってくる。弘明君の表情は変わらないが、彼も内心深い動揺を覚えているに違いない。しかしそれは歩美も同じだ。今まで流暢に話してきたはいいが、ここから先はわからない。阿久津だけが真実を知っている。

「ジャック？」

奥さんがそう声を上げた。阿久津に先導されてリビングに入ってきたのは、兼松さんだった。その隣にはハーネスを装着したジャックがぴったりと寄り添っている。

「ジャック？　ジャックなのね？」

奥さんの声はわずかに上擦《うわず》っている。久し振りの対面にやや興奮しているようだ。弘明君も顔を上げ、感情のこもっていない目でジャックを見ていた。

「ジャックです。そしてこちらはジャックのパートナーである兼松さんです。ご無理を言って来ていただいたんですよ」

濃いサングラスをした兼松さんが、奥さんたちが座っている方に向かって頭を下げた。かつてのパピーウォーカーと現在のユーザー。両者が顔を合わせるというのは滅多《めった》に見られない光景だ。

「ジャック。元気だった？ ジャック」

奥さんが嬉しそうに呼ぶが、ジャックは何も反応しない。主人の顔色を窺《うかが》うように、兼松さんを見上げて鼻をひくひくさせているだけだ。感動の対面というには程遠い再会だ。奥さんががっくりと肩を落とす。

「私たちのこと、忘れてしまったんですかね」

「仕方ありませんよ。ジャックの今の飼い主は兼松さんなんですから。この家を出てから、もう九年もたつんです」

歩美はそう言って、阿久津を見た。ここから先は阿久津に任せるつもりだった。彼が謎を解いたのだから、彼自身の口からそれは明かされなければならない。それに阿久津はジャックを訓練した当の本人なのだから。

「あとはお願いします、阿久津さん」

「う、うん」

そう言って、阿久津はうなずいた。すでに顔が真っ赤になっている。

「こ、今回、ジャ、ジャックに……」

声が小さく、何を言っているのか全然聞きとれない。歩美は素早く阿久津のもとに向かい、その耳元で叱咤《しった》した。「もっと大きな声を出してください。そうや、ジャックに話していると思ったらどうですか？　犬とはお喋りできるやないですか」

「う、うん」阿久津はうなずき、咳払《せきばら》いをしてから続けた。「こ、今回、ジャックに仕掛けられた悪戯《いたずら》は、木島さんのご家族の誰かの仕業《しわざ》だ。僕はそう考えました」

「そんな……。私たちがジャックに悪戯なんて……」

「ねえ、ジャック」阿久津がその名を呼ぶと、ジャックが舌を出して阿久津の顔を見上げた。「君がこの家にいた頃、この家には小学校一年生の男の子がいた。その男の子はお母さんたちに内緒で君にキャラメルをあげていた。だから君の好物はキャラメルだった」

阿久津を見上げるジャックの顔は、本当に阿久津の話を理解しているかのようだった。

「男の子はまずはキャラメルで君をおびき出そうとした。でも失敗した。落ちている物を勝手に食べないよう、君は訓練されているから」

弘明君の顔は蒼白《そうはく》だった。スマートフォンを握る手も小さく震えている。歩美は心の中で阿久津を応援した。頑張れ、阿久津さん。

「次に男の子は超音波発生器を手に入れて、兼松さんのお宅に仕掛けた。君が体調を崩せば、引退させられると思ったから。そして、うちのセンターに引退後の君を引きとる希望申請書を出した」

「ちょっと待ってください」奥さんがとり乱したように言った。「何を仰《おつしや》っているか、私にはわかりません。ジャックを引きとる？　うちで？　なぜ弘明がそんなことを……」

悪戯を仕掛けたのは弘明君である。それは昨夜の段階から判明していた事実だった。しかしその動機が不明だった。ジャックを引きとって、いったい弘明君は何をしたかったのか。

その疑問に答えるように、阿久津が言った。

「ジャック、君が戻ってくれれば、すべてが元通りになる。その男の子はそう思ったんだ。家族みんなの仲がよく、その中心に仔犬だったジャックがいた、あの頃みたいに」

まるで氷が溶《と》け出すように、胸のつかえが消えていくのを歩美は感じていた。ジャックをとり戻せば、あの頃の生活が戻ってくる。夫婦仲が冷え切った家庭を見て、弘明君なりに考え抜いた結論なのだ。

「と、ところで奥さん」阿久津がジャックから視線を外し、奥さんに目を向けた。やはり人と話すときの方が緊張するようで、棒読みの台詞《せりふ》のようだった。「今日、旦那さんはどちらに行ったか、知ってますか？」

「そ、それは……仕事だと言って出かけていきましたが」

戸惑ったように奥さんは答えた。旦那さんの言葉を疑っているのが伝わってきた。どうせ仕事だと嘘をついて女のところに行っている。きっと彼女はそう思っていることだろう。

「最近、旦那さんの様子に変わったところはありませんか？　急に痩《や》せたとか、急に陽《ひ》に焼けたとか」

何を言っているのだろうか。阿久津の質問の真意がわからずに、歩美は首をひねった。しかし奥さんには思い当たることがあったようで、口に手を当てて答えた。

「なぜわかったんです？　うちの主人が急に陽に焼けたことを……」

「理由はご存知ですか？」

「部署が替わり、営業部に異動になった。そう言っていました。休日にも接待ゴルフに行くことが多いですから」

「本当に、そうかな」

「主人が嘘をついているとでも？」

「僕もわかりません。旦那さんに直接聞いた方がいい」

奥さんは戸惑ったように視線を彷徨《さまよ》わせていた。歩美にも阿久津の言わんとしていることがわからなかった。しかし阿久津はその疑問を放り投げたまま、再び弘明君に視線を移す。

「弘明君、君がジャックにしたことは、絶対に許されることじゃない。でも兼松さんは許してくれるって。心から反省しないといけないね」

弘明君はスマートフォンを手放し、両手を膝の上で握ってうつむいていた。唇《くちびる》がわなわなと震えている。阿久津は続けて言った。

「ねえ、弘明君。残念だけどジャックは今では兼松さんのパートナーなんだ。ジャックはとても優秀な盲導犬だし、まだまだこれからも現役を続ける。定年退職した兼松さんと一緒に海外旅行もする。ジャックにはそんな大役が待っている」

阿久津のあとを追うように、兼松さんがジャックの頭を撫でながら言った。

「ええ、その通りです。ジャックがいなければ私の人生は違うものになっていた。そう断言できます。弘明君、だったよね？　君は三鷹にある私の家までジャックに会いに来たんだね。私と一緒に歩くジャックを見て、どう思ったんだい？」

「く、悔しかったんだ」弘明君が震える声で言った。彼の声を聞くのは初めてだった。「僕の顔を見てもジャックは知らんぷりをした。あんなに大好きだったキャラメルを置いても、全然反応しなかった。悔しかったし、すごく悲しかったんだ。だから僕は……ああするしか方法がなかったんだ」

それは違う。歩美は心の中でそう叫んだ。歩美の言葉を代弁するかのように阿久津が口を開く。

「まあ無理もないよ。でもジャックは決して君のことを忘れたわけじゃないんだ。むしろ今でも君のことが大好きだよ」

弘明君がジャックを見て言った。「で、でも……」

阿久津が膝をつき、ジャックの胴体部分に手をやりながら言った。

「この胴輪のことをハーネスというんだ。ハーネスをつけているときは仕事中だと盲導犬は徹底的に教え込まれているんだよ。ハーネスを装着しているときのジャックは、兼松さんの指示にしか従わない。たとえどんなことがあってもね。兼松さん、よろしいですか？」

阿久津がそう言うと、兼松さんがこっくりとうなずいた。その口元はほころんでいる。阿久津はジャックのハーネスを外し、その頭を撫でながら、言った。「よし。いいぞ、ジャック」

その言葉を待っていたかのように、ジャックが躍動《やくどう》した。手前側にあったソファを跳び越え、尻尾を振りながら弘明君の胸に飛び込んでいった。ぶつかってきたジャックの重みに耐えられず、弘明君はソファの上に横向きに倒れてしまう。ジャックは舌を出し、弘明君の顔をぺろぺろと舐《な》めていた。

くすぐったそうな顔をしながらも、弘明君はジャックをがっちりと抱きとめていた。その両目からは涙が溢《あふ》れ出していた。

「何とお礼を言っていいか……。本日はありがとうございました」

奥さんにそう見送られ、歩美たちは木島家から辞した。兼松さんはもう少し残っていくと言っていた。まあそれもいいだろう。弘明君もジャックともう少し遊びたいに違いない。

「上出来だったですよ、阿久津さん。やればできるやないですか」

歩美がそう言うと、阿久津は顔を真っ赤にさせて言った。

「う、うん」

「とにかく帰りましょう」

車に乗り込もうとしたとき、通りの向こうから一台の自転車が近づいてくるのが見えた。紺《こん》色の警備服のようなものを着ている男性が乗っていた。男性は歩美たちの前で自転車を停め、阿久津に向かって頭を下げた。

「阿久津さん、本当にいろいろありがとうございました」

「ど、どうも」

阿久津は下を向いて答えた。またいつもの阿久津に戻ってしまったようだ。

「メールをいただき、ありがとうございました。まさか弘明がそんなことをしていただなんて、想像もしていませんでしたよ」

男がそう言って頭をかいた。その話の内容から、男が弘明君の父親、つまり木島家のご主人であることがわかった。陽に焼けた顔を見て、阿久津が不可解な質問を奥さんにしていたことを思い出す。でもなぜだろう。なぜこの人は警備服なんかを着ているのか。外資系の商社に勤めているのではなかったか。

「私、岸本といいます」歩美はぺこりと頭を下げてから、目の前にいる男性に訊いた。「どういうことでしょうか？　木島さんは商社にお勤めではないんですか？」

木島家のご主人は照れたように笑った。

「お恥ずかしい話ですが、一ヵ月前に会社をリストラされてしまったんです。家族に心配をかけないよう、そのことは内緒にしていました。昼は職探しをして、夜は交通整理のバイトをしていたんです」

そういうことだったか。陽に焼けている理由にも合点《がてん》がいった。おそらく休日も返上して、バイトをしているに違いない。

「昨夜、阿久津さんからメールをもらって、驚きました。まさか弘明がそこまで思いつめているとは知りませんでした。今からすべてを家族に打ち明けるつもりです。本当にありがとうございました」

ご主人はもう一度深々と頭を下げた。阿久津は困ったように赤面している。頭を上げたご主人が言った。

「それでは失礼します。昼休みは一時間しかないんです。この機会を逃すと、二度とジャックに会えないかもしれない」

立ち去ろうとしたご主人に向かって、歩美は声をかけた。

「木島さん、リタイヤした盲導犬を引きとる制度があるのは知っていますか？もしよかったらご検討ください。その制度については息子さんがよくご存知です」

「わかりました。弘明に聞いてみます。ジャックを受け入れるためにも、私も頑張らなければなりません」

木島さんの旦那さんはそう言って自宅の玄関に向かっていった。いろいろあったが、木島家のこれからは安泰《あんたい》なのかもしれない。それにジャックを兼松さんのもとに戻すことができて一安心だ。

盲導犬を育成するだけが訓練士の仕事ではない。よく先輩の訓練士に言われてきたが、その意味がいまいち理解できなかった。しかし今回の件を通じ、その意味がわかったような気がした。盲導犬と、その周りをとり囲むすべての人間関係に目を配ることが、一人前の盲導犬訓練士の仕事なのだ。悔しいが阿久津という男はそれを完璧《かんぺき》に体現していた。歩美が理想とする姿が、そこにあった。

いつの間にか阿久津が助手席に乗り込んでいたので、歩美は慌《あわ》てて運転席に乗り込む。

「よっこい小楠《しょうなん》」

エンジンをかけようとしていると、助手席の阿久津が笑っていることに気づいたので、歩美は試しにもう一度言ってみる。「よっこい小楠」

阿久津は声を出して笑い始める。歩美は訊いた。

「阿久津さん、横井小楠、知ってるんですか？」

「う、うん。維新十傑の一人だね」

阿久津はまだ笑っている。歩美も可笑《おか》しくなり、一緒に笑った。

犬は見ている

貫井ドッグ郎

1

「おれさぁ、最近犬と目が合うんだよね」

ふと、石上《いしがみ》が話題を変えた。いきなりなんの話なのか、ぼくはついていけなかった。

そもそも、石上が彼女と別れたと言うから、詳しい話を聞いてやろうとやってきたのだった。石上の彼女は圭《けい》ちゃんといって、小柄で愛嬌《あいきよう》があるかわいい子だった。ぼくも何度か会ったことがあり、石上のような研究馬鹿にはもったいないような、それでいてけっこうふさわしいような、なんとも妬《や》ける雰囲気《ふんいき》をふたりは作り出していた。きっとこのまま結婚するのだろうと思っていたから、別れたと聞いて驚いた。

「お前がちゃんと相手をしてやらなかったからじゃないのか」

向かい合って坐《すわ》っている石上の顔に、ぼくは箸《はし》を向けた。居酒屋はそこそこ混んでいるけど、満席というわけではないから隣は空いている。女に振られた話をするには、もってこいの状況だった。

「そんなことないよ。毎週ってわけにはいかないけど、二週間に一回はデートしてたし」

石上は情けなさそうに眉《まゆ》を寄せて、反論する。石上は小柄なくせに妙に顔だけは大きく、お地蔵《じぞう》さんのようだ。見方によっては、かわいいと言えなくもない。ぼくはそんなこと、一度も思ったことないが。

「二週間に一回か。けっこうがんばってたな」

とある研究所に石上は勤めていて、なんとかというバクテリアの培養《ばいよう》にいそしんでいる。だから一日も目が離せず、日曜日にも出勤していると聞いていたから、そんな激務の合間を縫《ぬ》って二週間に一回も会っていたとは大したものだ。バクテリア監視を誰かに代わってもらうには、毎回苦労があったことだろう。どれだけ圭ちゃんのことが好きだったか、その頻度《ひんど》でわかる気がした。

「がんばってたよ。ちゃんと誕生日も、クリスマスも、バレンタインも、しっかり休みを取って会ってたんだぜ。ずっとラブラブのつもりでいたから、ショックでかいよ」

地蔵のような顔をしてラブラブとか言わないで欲しいのだが、肩を落としてしょげている友人に向かってそんな言葉は浴びせられない。ともかく、「別れた」としか聞いていなかったけど、実際は「振られた」が正しいようだ。いったい何が原因だったのか。

「何か、嫌われるようなことを言ったのか？」

「言ってないよ」ぼくの質問に、石上は大きい顔をぶんぶんと振って否定する。「言うわけないじゃん。ぼくが圭ちゃんにどんなふうに接していたか、知ってるだろ？」

確かに、まるで腫《は》れ物に触るように石上は圭ちゃんを扱っていた。大して重そうでもない荷物も持ってあげるし、どんなことでもしっかりと圭ちゃんの目を見て相槌《あいづち》を打つし、何かというと圭ちゃんのどこかを褒《ほ》めていた。そういう接し方を鬱陶《うっとう》しいと思われた可能性もあるけど、ぼくが見る限り圭ちゃんは喜んでいた。あの様子からすると、圭ちゃんに嫌われるようなことを石上は言いそうになかった。

「じゃあ、なんで振られたわけ？」

直截《ちょくせつ》に尋《たず》ねた。ぼくが推測してやらなきゃならないことではなかった。

「いや、それがよくわからないんだ」

石上は首を傾《かし》げる。よくわからないとは、意外な返答だった。

「何、それ？　理由もわからずに逃げられちゃったのか」

「まあ、そういうことになるな」

「えーっ。訊《き》けよ。なんで訊かないんだよ」

「訊いたよ。訊いたけど教えてくれなかったんだよ」

圭ちゃんはまずメールで、別れたいと言い出したらしい。どういうことかと電話で話しても、ともかく別れたいの一点張りだったそうだ。圭ちゃんを逃《のが》したら一生彼女なんて見つかりそうにない石上は、必死になって理由を問い質《ただ》した。でも圭ちゃんは、「もう無理」「駄目《だめ》」としか言わなかったという。

「駄目って言われてもなぁ。顔が大きいから駄目なのかなぁ」

「知り合ったときから顔は大きいよ！　付き合ってるうちに大きくなったんじゃないよ！」

落ち込んでいるのに、石上は律儀《りちぎ》に突っ込んでくれる。まあ、これで少しは気が紛《まぎ》れてくれればいいのだけどね。

「それで納得したのか？」

「してないよ。電話だけじゃ話にならないから、直接会いにも行った。でも、やっぱり駄目だった」

「原因がわからないんじゃ、辛《つら》いなぁ」

わけもわからず振られるのは、反省もできないから一番引きずってしまう。圭ちゃんも罪な別れ方をしたものだ。

「そうなんだよ。ダメージマックスで、あと百年くらいは立ち直れそうにない」

石上は研究馬鹿で面白い話ができるわけでもないが、この程度のことは言える。どんよりしていると本当に奈落《ならく》の底に落ちていくから、なんとかふざけて浮上しようとしているのかもしれない。憐《あわ》れだった。

「それじゃあ、諦《あきら》められないよなぁ。次の彼女を捜《さが》そうにも、石上に彼女ができたこと自体が百万年に一回の奇跡だからなぁ」

「そうなんだよ。あんな奇跡はもう二度と起きない」

百万年に一回じゃレアすぎだ、と突っ込んで欲しかったが、もうそんな元気もないようだ。思いっ切り引きずってるから、次の彼女なんて気にはなれないのだろう。

とまあ、こんな感じで石上を慰《なぐさ》めていて、話題はいつしか圭ちゃんを離れて雑談モードに入っていたんだけど、そこに唐突に冒頭の発言があったわけだ。

「犬が何？」と思わず訊き返したくなる。

「犬と目が合うって、なんだよお前、もう人間の女は無理だから犬で寂《さび》しさを埋め合わせようってのか。運命の人はいないけど、運命の犬がいるのかよ」

話の流れからして、そうとしか思えない。まあ、ひとり暮らしの寂しさに耐えかねているなら、犬を飼うのもいいと思うけど。

「いや、そうじゃなくって、いろんな犬と目が合うんだ。なんかおれ、犬に見られてる気がするんだよね」

「はあ？」

こういうのも自意識過剰《かじょう》というのだろうか。女に見られてる、と考えるのは間違いなく勘違いだけど、相手が犬とは。「はあ？」としか言いようがなかった。

「お前、心病《や》んでる？」

圭ちゃんに振られた痛手はそれほどでかいのか。かわいそうに。今どき、メンタルクリニックに行くのは恥ずかしいことじゃないぞ。しっかり治療して、前向きに生きるんだ。

「別に病んでないよ」

石上は冷静に言い返す。いや、そういうことは自覚症状がないものなんだ。いっそぼくがクリニックに付き添ってやろうか、と考えていたら、石上はますますおかしなことを言い出す。

「犬ってさ、人間には聞こえない周波数《しゅうはすう》の音が聞こえるんだろ。おれ、犬同士はちゃんと会話をしてると思うんだ。それが人間にはわからないのは、聞こえない周波数で会話しているからなんだよ」

「あ、そう——」

聞こえない周波数なんて使わなくても、わんわんと吠《ほ》えてる声は聞こえるじゃないか。あれじゃあ駄目なのか。

「で、音を聞き取る範囲も人間よりずっと広いらしいじゃん。人間だったら届かないくらい遠くにいる相手にも、言葉を伝えることができるんだよな」

だから何？　と突っ込みたい展開である。犬同士がなんらかの意思疎通《そつう》をしていたとしても別におかしくはないが、会話というほど高度な内容じゃないだろう。危険が迫ってるとか餌《えさ》があるとか、伝えられるのはその程度じゃないのか。

「おれ、犬に見張られてるんだ」

そしてついに、決定的なことを口にした。石上、地蔵みたいなお前が圭ちゃんのようなかわいい彼女を持てたことは、本当に奇跡だった。それが破れて、頭がおかしくなりそうな気持ちもよくわかる。ぜんぜん恥ずかしいことじゃないぞ。だからまず、カウンセリングから始めようか。取りあえず相談に行くだけなら、気が楽だろ。

「犬はおれを見つけると、互いに伝達し合って監視を引き継ぎして、ずっと見張り続けてるんだよ。だからおれが振り向くと、いつも目が合うんだ」

この台詞《せりふ》、石上は真顔《まがお》で言ってます。ぼくはどうリアクションすればいいんでしょう？

「あー、石上。ええと、じゃあ犬はなんのためにお前を見張ってるの？　見張ってどうするの？」

そんな馬鹿な、と片づけてしまうのは簡単だった。でもおかしいならおかしいなりに熱弁を振るっているのだから、頭から否定してしまうのはいけないんじゃないかと考えた。妄想《もうそう》の世界に入っているのは間違いないが、その中での論理に沿って質問をしてやらなければならない。

「たぶんおれ、犬に恨《うら》まれてるんだよ」

「はあ」

恨みですか。それは大変ですね。でも、猫の恨みなら怖《こわ》そうだけど、犬の恨みってどうなんでしょうね。

「小学生の頃だけどさ、通学路の途中で、絶対に吠えかかってくる犬を飼ってる家があったんだ。吠えかかってくるといっても門の内側だから、噛《か》みつかれたりはしないんだけど、大型犬なんで声が怖いんだ。小学生なんて、吠えられただけでビビっちゃうよ」

ふんふん、それで？

「おれは吠えかかられても、道の一番反対側を走って通り抜けていたから、まあなんとか耐えてた。でもあるとき、クラスが同じ奴と一緒に帰るときに、その家の前を通りかかったんだ。話をしていたからおれも油断してて、いきなりがうがうと吠えられてマジで怖かった。ふたりで飛び上がって、泣きそうになったよ」

確かにそれは怖いかもしれない。大人になったぼくでも、突然犬に吠えられるのは勘弁《かんべん》して欲しかった。

「おれだけなら、家は目と鼻の先だから単に逃げ帰ってたよ。でもおれの連れは、気が強い奴だった。犬にビビらされたことが我慢《がまん》ならないらしくて、『ふざけんなよ！』って怒っちゃったんだ」

悪ガキなら、犬が相手でも闘おうとするだろう。果たしてそいつは、何をやらかしたのか。

「近くの駐車場から石を拾ってきて、犬に向かって投げ始めたんだ。それも脅《おど》し程度の投げ方じゃなく、気合い入れた全力投球だよ。しかもそいつは、ぼくにも投げろと言ったんだ」

ああ、そういうことですか。話の向かう先がようやく理解できた。

「連れは怒ってる割に犬に近づきたくはないらしくて、遠くから石を投げるもんだから、ぜんぜん当たらないんだよ。逆に、成り行きで投げたおれの石は、見事に犬の頭に当たった」

「頭に？　死ぬんじゃないか」

「いや、そんな大きい石だったわけじゃないから。キャイーンって鳴いて、尻尾《しっぽ》を巻いて奥に引っ込んだよ。おれと連れは大喜びさ。特におれは、長年脅かされ続けてたから、溜飲《りゅういん》が下がるっての？　すげーすっきりした」

「そのときの恨みが、犬社会で知れ渡ってると言いたいのか」

「そうなんだ」

石上は素直《すなお》に認めた。ぼくはどんな顔をすればいいのか、本気で困った。

犬の頭に石を投げつけるのは、確かに恨まれても仕方がないひどいことだと思う。ただ、石上のことを恨むのはその犬だけだろ。しかも二十年以上も前の話だぜ。その恨みが未《いま》だに残ってて、犬の間で共有されてるなんて、突っ込みどころが多すぎる。こんな話を聞かされれば百人が百人、口にするはずの台詞を、ぼくも言った。

「考えすぎじゃないの？」

「いやぁ、でも、それしか心当たりがないんだよね」

石上は首を傾げる。いやいや、心当たりも何も、大前提である犬に監視されてるという話がそもそもおかしいのだから、心当たりを探す必要はないんだよ。

「うーん、じゃあまあ、見張られてる理由はわかったよ。で、犬たちはお前を見張ってどうするつもりなんだ？」

一歩譲って、また話を合わせてやった。恨みで見張られてるなら、そのうち襲われるとでも考えているのか。

「さあ、それはよくわからない。犬に訊いてみないと」

当たり前と言えば当たり前の返事なのだが、こちらとしてはハシゴを外《はず》された気分だ。せっかく話に付き合ってやってるのに、それはないだろう。

「じゃあ、訊けよ」

つい、口調が冷たくなる。それに対して石上は、常識的なことを言った。

「犬に訊いたって、言葉が通じないだろ」

そりゃそうだよ！　ぼくがおかしなことを言ってるような物言いはやめてくれよ。なんだか馬鹿馬鹿しくなってきた。やっぱりメンタルクリニックに行け。

「話は戻るけどさ。圭ちゃんはおれと一緒にいると、犬の視線を感じてたんだよ、きっと。それで怖くなって、別れることにしたんじゃないかな。おれはそう思ってる」

ああ、なるほど。彼女との別れがどうしても納得できなくて、それでそんな妄想をでっち上げてなんとか受け入れようとしているわけか。どういうことなのか、やっと理解できた。まあ、憐れとしか言いようがないね。せいぜい今夜は、やけ酒に付き合ってやるとしよう。

2

犬に見張られてるなんて、そんなアホな。石上の話を聞いたときにはそうとしか思えなかったのだが、妙に心に残っていたのかもしれない。なんとなくだけど、翌日からぼくも誰かに見られている気がしてきた。視線を感じて周囲を見渡すと、確かに犬がいたりする。犬は視線が合っても目を逸《そ》らしたりしない。お前、ぼくを見張ってる？　と思わず訊きたくなった。

視線を感じる、とよく言うが、不思議な現象だと思う。だって視線には、物理的な要素は何もないはずだからだ。それなのに感じるなら第六感とか科学では証明されていないタームを持ち出すしかないけど、たいていの人は特に疑問にも思わず日常的に視線を感じている。科学では証明されていないのに日常に浸透《しんとう》しているという点では、最もありふれた奇現象と言えるだろう。

実はぼくの友人に、科学では証明されていないことに妙に詳しい奴がいる。子供の頃からのオカルト好きが高《こう》じて、ついにはオカルト雑誌の編集者になってしまった筋金《すじがね》入りだ。今では独立して、オカルトライターになっている。未解明のことなら河童《かっぱ》からUFOまでなんでも来いの、歩くオカルト事典なのだ。

そいつのことを思い出したのは、視線を感じるのが二週間に亘《わた》った末のことだった。別にノイローゼになったわけではなく、ぼくも石上のことを言えないなぁと自嘲《じちょう》気味に思っただけだ。だからってメンタルクリニックに行く気にはなれないから、その前にまずはオカルト野郎にこの話をしてやろうかと考えた次第である。犬に見られてるなんて、聞いたこともない新しい奇現象ではないだろうか。

連絡をとり合って、久しぶりに飲むかということになった。居酒屋で待ち合わせ、やあやあと旧交を温める。ちなみにこいつ、諸橋《もろはし》の職業を外見から当てるのはかなり難易度が高い。雑誌関係の仕事、とヒントを出したとしても、「モデル？」と訊き返されるのが落ちだ。つまり、やたらとイケメンだということだ。背が高く、顔の彫《ほ》りが深く、適度に筋肉質の体は引き締まっている。茶色がかった髪が緩《ゆる》くウェーブして横顔を隠しているのが、なんともよく似合っている。イタリア人とのハーフではないかと、よく間違えられるらしい。

それでいて、中身はただのオカルトオタク。寄ってきた女の子とデートをしても、どこそこの河童のミイラは本物だとか、UFOには宇宙から来るものと地底から来るものの二種類あるとか、そんな話しかしないからドン引きされるらしい。もったいないにもほどがある。その外見を有効に使う気がないなら、ぼくにくれと言いたい。当然のことながら、付き合っている相手など諸橋にはいないのだった。

石上はぼくの高校時代の同級生で、この諸橋は中学時代からの付き合いだ。ぼくも諸橋ほどではないものの、オカルト話はけっこう好きである。だからこそ、中学卒業後も付き合いが続いていたのだ。オカルトに興味がない人間が諸橋と付き合うのは、はっきり言って不可能なのだった。

「実はさ、ぼくの友達がおかしなことを言い出したんだよ」

ビールのジョッキをぶつけて乾杯をしてから、早々に本題を切り出した。おかしなこと、というひと言だけで、諸橋はぐいと体を乗り出してくる。

「なになに？　どんな話？」

女の子が諸橋を釣ろうとしたら、至って簡単である。ともかく作り話でもなんでもいいから、不思議な話をすればいいのだ。もっとも、最初はそれで釣れたとしても、その後付き合い続けていくのはかなり辛いと思うが。

「うん、それがね——」

ぼくは石上から聞いた話の一部始終《いちぶしじゅう》を語った。諸橋は目をきらきらさせて聞き入っている。ぼくが女だったら、絶対フラッとなりそうな目の輝きだ。こいつがまったく女にもてないという事実は、世の男性を強く勇気づけることだろう。

「犬に見られている！　なるほど！　それは新しい。犬の独自のネットワークか。猫にネットワークがあるという話は聞くけど、犬は初耳だな。面白い、面白い」

案《あん》の定《じょう》、諸橋は大喜びである。今にも涎《よだれ》を垂らしそうな顔だ。ぼくはオカルト生き字引に問いかけた。

「初耳ってことは、犬に監視されているなんて話は世界のどこにもないんだね」

「ないねぇ。おれが知らないんだから、そんな話はないんだよ」

諸橋は豪語した。さすがは人生のすべてをオカルトに捧《ささ》げた男である。世界じゅうのオカルト情報を、完全に把握《はあく》しているのだろう。

「この話の面白いところは、犬の監視ってところと、それからもうひとつ、なぜ人は視線を感じるのかって点だと思うんだ」

ぼくは考えていた疑問点を挙げた。諸橋は我が意を得たりとばかりに、大きく頷《うなず》く。

「そのとおりだよ。どちらも実に興味深い」

「視線って何？　何か未知のエネルギーでも、目から出てるわけ？」

ぜひ諸橋の意見を聞いてみたかった。視線を感じるという現象は、考えれば考えるほど不思議に思えてきたのだ。

「未解明のことなんだから、むろんその可能性はある」

諸橋は重々しく頷く。まるで自分の専門分野について意見を開陳《かいちん》する学者先生のような態度だ。

「でもおれはむしろ、これは視線を感じる側の能力なのではないかと思う」

「ああ、超能力みたいな？」

「動物には人間にない能力が備わっているのを、キミも知ってるだろ。犬はどんなに遠いところに放り出されても、ちゃんと自宅に帰ってくる。魚の群れは、まるで心がひとつになっているかのようにいっせいに方向転換する。そんなふうに、未知の能力を設定しないと説明できない現象は、実はたくさんあるんだ」

「まあ、そうだね」

世界で起こるあらゆる現象を現代の科学がすべて解明したと考えるのは、おそらく素人《しろうと》発想なのだろう。不思議を不思議と思っていないだけの話で、日常的に未解明の現象は起きているのかもしれない。視線を感じる、みたいに。

「動物の例からすると、五感以外の感覚があるのはもう間違いない。そうであるなら、人間だけが例外と考えるのは不自然だ。鈍《にぶ》ってしまったかもしれないが、人間にも五感以外の感覚はある。その名残《なごり》が、視線を感じる能力なんじゃないかな」

「なるほどねぇ」

後ろから誰かに見られていても気づくのは、明らかに視覚によるものではない。聴覚《ちようかく》や嗅覚《きゆうかく》によって視線を感じているとは、ちょっと思えない。となると、未知の感覚としか言いようがない。五感以外の大半の感覚を失ってしまった人間だけど、唯一、視線を感じる能力はまだ残っているというわけか。

「なぜ視線を感じる能力だけは、失われずにいるのか。それは、自分の命を守る上で大事な能力だったからじゃないかな。危機を察知《さつち》するのに、視線を感じることほど有効な能力はない。見られていると感じれば、人は警戒するからな」

「おー」

思わず感嘆の声が漏れた。どんな道であっても、追究すれば人を唸《うな》らせる段階まで到達するのだ。諸橋の説明は、大いに納得できた。ただのオカルト馬鹿と思っていたけど、ちょっと認識が改まった。

「諸橋、すごいね。きっとそれが正解だよ。人間が野性を失ったって、身の危険までなくなったわけじゃないもんな。視線を感じる能力は、レーダーみたいなものか」

「たぶんね」

ぼくに褒められて気をよくしたらしく、諸橋はふんぞり返って得意げな顔をする。自分の知識を褒められるなんて経験は、たぶんめったにないのだろう。馬鹿と鋏《はさみ》は使いようというけど、オカルト好きだって使いようによっては役に立つ。

「実はまだ話の続きがあるんだ」ぼくはそろりと切り出した。「その友達の話を聞いてから、なんとなくぼくも視線を感じるようになったんだよね」

「犬の？」

「振り返ると犬がいるから、まあそうなのかな」

「なんでキミまで、犬に見張られるんだ？」

「わかんない。ぜんぜん心当たりはないよ」

石上が「心当たり」と口にしたときには内心で突っ込んだぼくだけど、結局同じことを言ってしまった。ともかくぼくには、犬を苛《いじ》めたりした憶《おぼ》えはまったくない。

「犬に監視される人間か。面白いなぁ。なんなんだろう、それ。不思議だなぁ」

諸橋は嬉《うれ》しげに呟《つぶや》きながら、ノートを取り出してメモしていた。近いうち、石上とぼくの話が雑誌の記事になるかもしれない。

「しかも、話を聞いた人間も監視対象に入るのかな。となると、おれも見張られるか。いやー、楽しみ」

他人事《ひとごと》だと思って無責任に楽しんでいる、という批判は諸橋には当たらない。自分が当事者になれるかもしれないと、わくわくしているのだ。話を聞く限り、オカルトライターほどオカルト現象と縁遠い人種はないらしい。なぜかオカルト現象は、オカルト好きの前では起きないのである。

「今後、犬を見る目が変わるな。こいつ内心で何企《たくら》んでるんだろう、っていちいち考えちゃいそうだよ」

弾むような物言いの諸橋に、ぼくは「いや、まったく」と同意した。

3

ぼくがひとり暮らしをしているマンションはいわゆる単身者用なので、同じくらいの年格好《としかっこう》の人たちが住んでいる。サラリーマンとして毎日決まったペースで生活していると、よく顔を合わせる人もだいたい決まってくる。その中でぼくが一番会うのを楽しみにしているのが、トイプーさんだ。もちろん、トイプーという名前の外国人ではなく、ぼくが心の中で勝手につけた呼び名である。本名は知らない。

「おはようございます」

エレベーターのドアが開くと、そこにはトイプーさんがいた。今日はラッキーな日だと、内心でガッツポーズを取る。いくら生活のリズムが一致していても、同時にエレベーターに乗る確率はそれほど高くない。せいぜい、一週間に一度あるかどうかだ。今日はその、一週間に一度が来たことになる。間違いなく、ラッキーと言っていいだろう。

「おはようございます」

トイプーさんは会釈《えしゃく》し返してくれた。長い髪の毛がさらりと揺れて、もともとの好印象をさらにアップさせる。胸に抱かれている小さい生き物が、心底羨《うらや》ましかった。そいつは小さな舌を出した間抜《まぬ》けな顔で、じっとこちらを見ていた。

ああ、見られている。眸《ひとみ》が大きい目で、こちらにじとっと視線を向けている。なんでぼくを見るんだ。訊けるものなら訊きたかったけど、犬相手に言葉は通じない。代わりに、トイプーさんに尋ねた。

「犬って、人の顔をじっと見ますよね」

「えっ？　ああ、はい、そうですね。私もよく見られてますよ」

トイプーさんはこちらに顔を向けて、にっこりと笑う。整った顔が、笑うとたんに親しみやすくなる。思わずぼくも笑みを浮かべた。

「その子以外の犬にも見られます？」

いきなりなんの話か、と首を傾げたくなる問いかけだろうに、トイプーさんはいやな顔もせずに応じてくれた。

「そうですねぇ。見られますよ。視線を逸らさず一心に見つめられると、本当にかわいいなぁと思いますよね」

「そうですね」

トイプーさんの言葉は、いかにも犬好きの人らしかった。ぼくはむしろ、犬に見つめられると不気味に感じているのだが。

トイプーさんという呼称は、もちろんいつもトイプードルを連れていることが由来だ。年は二十代後半だろうか。いつもこの時間帯に、犬を散歩させるために出かけるようだ。普通のOLなら出勤時間のはずだから、朝が遅い仕事に就《つ》いているのだろう。それがどんな仕事なのか、訊いてみたことはない。

訊く機会がないわけではなかった。今みたいに、気軽に話しかければ答えてくれるだろう。ただぼくは、トイプーさんを詳しく知ろうとはしなかった。いいなと思いつつ、もっと親しくなるための努力はいっさいしていないのだ。だから、トイプーさんの名前も仕事も知らない。知っているのは顔と、犬が好きということだけ。それで充分だった。

に歩き出した。

一階に着いたので、先にエレベーターを降りてもらった。並んでエントランスを出て、「それでは」と頭を下げる。トイプーさんは「行ってらっしゃい」と言ってくれる。抱いていたトイプードルを地面に降ろし、ぼくとは反対方向に歩き出した。

トイプーさんのことを高嶺《たかね》の花と思っているわけではない。ぼくが奥手だから何もしないのかというと、ちょっと違う。まして、男性の方が好きだというわけではないよ。ぼくは女性が好きで、トイプーさんを魅力的だとは思うんだけど、それでも親しくなるための努力をする気になれないのだ。

理由ははっきりしている。不安だからだ。自分のことや、他者との関係性についてではない。もっと広く、この社会の未来に不安を覚えているのだった。

今日もニュースで、某国《ぼうこく》が突然原子力発電所を複数建築し始めたと報じていた。日本の原発事故を見て、世界各地で原子力に対する不安の声が上がっているというのに、それをまったく無視して新しく原子力発電所を造るという。あの国で事故が起きれば、日本も無関係ではいられない。でも、ぼくには何もできることがない。

不安のタネは山のようにある。モラルの低下、治安の悪化、金融不安、雇用《こよう》の不安定、異常気象、社会の右翼化《うよくか》、親によって殺される子供たち、などなど尽きることがない。それなのにぼくは、本当に無力だ。何ひとつ、問題解決のためにやれることはない。自分が所属している社会のことなのに、何もできないこの無力感。こんな状態で、自分の子供を世に送り出すことなどできるわけがなかった。

だからぼくは、女性と親しくなろうとしないのだ。女性と親しくなることは、将来の結婚や子供を持つことに繋《つな》がる。でも、ぼくは責任が持てない。不安ばかりの社会の中で、家族を守っていける自信がない。ならば、女性と付き合ったりしてはいけないのだ。無責任なことはできない。

考えすぎだと、周りの人は言う。いちいちそんなこと気にしてたら、生きていけないぞ、と。そうだろうか。考えるのは当たり前ではないのか。何も考えずに子供を産み育てるなんて、とても怖くてできない。みんな、そんなに思考停止して生きているのか。ぼくには不思議でならない。

会社でぼくは、終末思想に毒されている人と見られている。二十世紀末に、ノストラダムスの大予言を本気で信じていた人みたいだ、と笑われる。不安を感じないで生きていける人にとって、ぼくはオカルト側の人間なのだろう。だから、諸橋とも付き合っていられるのだ。ぼくは諸橋とは違うと思っているんだけど、世間の目からすると同類なのだった。

会社では変な人扱いだから、犬に見られているなんて話はできるわけない。同僚たちが陰《かげ》でぼくを嗤《わら》う材料を提供してやるようなものだ。ぼくは特に悩んでいる素振《そぶ》りも見せず、淡々《たんたん》と仕事をする。そして定時になったら、さっさと退社した。

帰り道、庭で犬を飼っている家の横を通った。門扉《もんぴ》越しに、犬の姿が見える。中型犬は地面に伏せたまま、じっとこちらを見ていた。ぼくは足早に通り過ぎ、充分に離れたところで息をついた。なにやらいやな気分がした。

4

石上がいなくなった。ある日突然、消えてしまったそうだ。連絡もなく仕事を欠勤し、ひとり暮らしの部屋に同僚が訪ねていっても誰もいなかった。両親も行方《ゆくえ》を知らず、書き置きや伝言もなかった。仕事に悩んでいるなどの予兆もなかったから、失踪《しっそう》は青天《せいてん》の霹靂《へきれき》と周囲の目には映ったようだ。理由もなく、ふと唐突に、石上は消えてしまったのだった。

ぼくのところには、友人同士の連絡で話が伝わってきた。行く先に心当たりはないかと訊かれたけど、まったくない。石上は今の仕事に満足していたはずだから、自分の意志で失踪するとは思えなかった。ではなぜいなくなったのかと考えると、不意に怖くなった。犬に見られている、という話と関係があるはずもないと頭ではわかっていても、石上の身に起きていた異変といえばそれしかないとも思ってしまう。さりとて、そのふたつがどう結びつくのかは、まるで見当がつかないのだった。

石上の身の回りのものがなくなっているかどうかは、確認できる人がいなかった。親はわからず、圭ちゃんは確認を拒否したからだ。圭ちゃんも冷たいと思うものの、別れた彼氏の部屋に上がり込みたくないという気持ちはわからなくもない。だから結局、石上の失踪が自主的なものか、あるいは何者かの意志が介在《かいざい》しているのか、はっきりしなかった。どちらであっても、理由がわからないことに変わりはなかった。

胸の裡《うち》に、黒い綿飴《わたあめ》のようなものがあった。もやもやとしているのだけど、触《さわ》ればすぐに萎《しぼ》んでしまう。実態があるような、ないような。その正体を言葉で表そうとしても、うまく形にならない。ぼくはいったい、何に怯《おび》えているのか。石上はなぜ、姿を消したのか。犬はどうして、ぼくを見るのか。

　黒い綿飴に衝《つ》き動かされるように、ぼくはまた諸橋に連絡をとった。石上が消えたことを、諸橋がどう思うか聞いてみたかったのだ。

　この前とは違う居酒屋で落ち合い、石上がいなくなったことを伝えた。石上の失踪と、犬に見られることには何か因果《いんが》関係があるのか。ぼくは世間話なんてする余裕もなく、ただ一方的に捲《まく》し立てた。石上が消えたと知り、諸橋は目を丸くしていた。

「いなくなったって、何それ？　そういうタイプの人だったの？」

　いなくなるタイプというのがどういうタイプかよくわからないが、ともかく諸橋にとっても衝撃的な情報だということは理解できた。では、石上が姿を消すとはまるで予想していなかったわけか。犬に見られるという話に類例がなかったのだから、石上の失踪が予想できなくてもやむを得ないが、それでもぼくは軽く失望せずにはいられなかった。

「犬に見られていたことと、関係あると思う？」

　尋ねても、諸橋は首を傾げるだけだった。逆にこちらが質問された。

「その石上って人は、ノイローゼになりそうな人？　ノイローゼが高じて、何もかもから逃げ出したくなったんじゃないかな」

「どうだろう。図太いくらい鈍感、というわけではなかったけど、ノイローゼになるほどかなぁ。まあ、彼女に振られて落ち込んでいたのは確かだけど」

「彼女に振られて、ねぇ。じゃあ、犬に見られていたこととは特に関係ないんじゃないの？」

不思議大好きの人が、そんな結論でいいのか。常識的な推理が聞きたくて、会っているわけではないのだが。

「本当に関係ないのかな。タイミング的に、なんかいやな感じがするんだけど」

「まあ、それは確かにねぇ。石上さんはどんな仕事をしてたんだ？」

問われたので、説明した。諸橋は腕を組んで、「ふうん」と唸《うな》る。

「バクテリアといえばさぁ、人食いバクテリアってのが存在するのは知ってるよな。名前がおどろおどろしいけど、オカルトじゃないぜ。実在するバクテリアだ」

「ああ、聞いたことはあるよ。詳しくは知らないけど」

諸橋が唐突に話題を変えたので、ぼくは戸惑った。まさか、人食いバクテリアに食われて石上の体は跡形もなくなったと言いたいんじゃないだろうな。いくらオカルト好きでも、度が過ぎると聞いている方は白けるぜ。

「人食いバクテリアがいるくらいだから、他にもいろんなものを食べるバクテリアがいても不思議じゃないよな。で、これは噂レベルの話なんだが、放射性《ほうしゃせい》廃棄物《はいきぶつ》を食べるバクテリアが発見されたって情報を耳にしたぜ」

「放射性廃棄物を？」

本当だろうか。眉に唾《つば》をつけてしまった。原子力発電は問題を多々含んでいるが、長い目で見て一番困るのは放射性廃棄物をどんどん作り出してしまうことだろう。日本は再利用を成功させようとしているが、それが絵空事《えそらごと》に過ぎないことは世界じゅうの原子力発電所保有国が承知している。原発がトイレなきマンションと言われる所以《ゆえん》である。

その増える一方の放射性廃棄物を食べてくれるバクテリアなんてものがいるなら、大発見ではないか。人類のエネルギー問題を一気に解決する可能性すらある。しかし、あまりに都合がよすぎて信じられなかった。これまた原発推進論者が描いた、絵空事ではないのか。

「そんなバクテリアが見つかったんなら、人類の未来が変わるじゃん。それなのに公的な発表がなく、先にオカルトライターの耳に入ってくるという時点で、怪しさ満点じゃないか」

ぼくは言ってやった。なんでもかんでも信じるのはオカルトライターに向いた資質なのだろうけど、一般の人間を自任するぼくとしては突っ込みを入れざるを得ない。しかし諸橋は、まるで怯《ひる》んだ様子がなかった。

「それはそうなんだけど、発見したのが例のならず者国家だって話なんだよ」

一瞬考え、「ああ」と納得の声を上げそうになった。先日聞いた話と矛盾《むじゅん》がないからだった。某国は突然、複数の原子力発電所を造り始めたという。それは、廃棄物の始末に目処《めど》が立ったからではないのか。

「本当に放射性廃棄物を食べるバクテリアが見つかったなら、広く全世界に向けてそれを告知すべきじゃないか。放射性廃棄物の始末に困っているのは、何も某国だけじゃないんだから。なのに自分たちの利益を優先させて隠匿《いんとく》するとは、いかにもあの国らしいやり方だと思わないか」

オカルトライターをやめて社会派記者になったかのような、諸橋の物言いだった。確かにおっしゃるとおりではあるが、そもそもの前提がちょっとオカルトじみているので、素直にごもっともと頷くわけにはいかない。

「それが何？　石上の失踪と何か関係あるのか」

話が思い切り逸れてしまったので、強引に戻した。諸橋はなおも真顔で続ける。

「某国は放射性廃棄物を食べるバクテリアを発見したのはいいが、ものすごく培養が難しかったとしたらどうだ？　そんなとき、培養に成功した研究者が日本にいた。研究者はそのバクテリアの特性に気づいていない。ならば、培養の技術を日本政府より先に手に入れようと考えても不思議じゃないだろう」

「ずいぶんとまた、発想の飛躍《ひやく》があるなぁ。ちょっと感心したぞ」

これは皮肉ではないが、飛躍しすぎてどこか遠くに行ってしまったという感があるのは確かだった。そんな思いつきでいいなら、いくらでも面白い話が作れそうな気がする。

「某国が石上さんの研究に目をつけたとして、どうすると思う？　すぐには手を出さず、まずは監視下に置くんじゃないかな」

ぼくの言葉など耳に入っていないかのように、諸橋は言った。ぼくはそのとおりと頷いた。

「そうだろうね。本当にバクテリアの培養に成功したのかどうか、確かめなきゃいけないだろうし」

「監視下に置かれたとき、人はどう感じるんだろうな。常に自分を見る視線を感じるんじゃないか」

「あっ」

ここに至って、ついにぼくは驚きの声を上げた。なるほど、そこに繋がるのか。目を大きく開いたまま、諸橋の顔を凝視《ぎょうし》してしまった。

シミュラクラ現象というものがある。三つの点があると、人間はそれを人の顔と見てしまう現象だ。人間は本能的に、相手の意思を目から読み取ろうとする。だからこそ、点や線が逆三角形に配置されていると、脳が顔と判断するのだ。自動的に、目から意思を読み取ろうとするためである。犬に見られているという錯覚《さっかく》も、この現象に似てないだろうか。

石上は視線を感じて、とっさに背後を振り返る。しかし監視は巧妙で、石上のような素人が見つけることはできない。ちょうどそこに、犬がいる。犬の目を見れば、その眸に意思があると自動的に考えてしまう。結果として、犬同士が連絡をとり合って自分を監視しているという妄想に繋がってしまったのだ。

石上の不安はただの妄想などではなく、実際に自分の身に迫る危険を察知していたのだった。

「石上は本当に、あの国に連れ去られたのかな。培養していたバクテリアごと」

「石上さんは彼女と別れたと言ったよな。それは、別れさせられたんじゃないか。石上さんが失踪しても不思議じゃない状況を作るために。彼女はきっと何か怖い思いをしたから、石上さんのそばにはいられないと考えたんだよ」

「ああ――」

何もかも平仄《ひょうそく》が合う。となると、その話の怖さは我が身に跳《は》ね返ってくるのだった。

「ぼく自身も、犬に見られているような気がしてたんだよ。まさか石上の愚痴《ぐち》を聞いたから、ぼくも監視対象になっちゃったのかな」

「ありうることだと思うぞ」

諸橋はまるで慰《なぐさ》めてくれる気がない。それどころか、こちらの不安をいっそう煽《あお》った。

「今こうして喋《しゃべ》っていることも、盗聴《とうちょう》されているかもしれない。だとしたら、おれもヤバいか」

なーんちゃって、と諸橋がおどけることを期待していた。それなのに、諸橋は真剣な顔つきを崩さなかった。ぼくは無理に笑おうとして、途中で顔が引きつってしまった。

5

諸橋と別れてから、電車に乗った。車両の中でも、誰かの視線を常に感じた。錯覚だ、と自分に言い聞かせた。

自宅の最寄《もよ》り駅で降り、夜の道を歩いた。駅に近いうちは道の前後を歩く人もいたけど、そのうち降車客たちは方々に散っていき、気づいてみれば歩いているのはぼくだけになっていた。ぼくは歩く速度を速めた。

また、背後に視線を感じた。抑えられず、振り向いた。するとそこに、中型犬がいた。飼い主が近くにいるようには見えない。ならばこの犬は、どこかから逃げてきたのか。今どき、野良犬《のらいぬ》など都会には存在していないと思うが。

犬は口を開け、長い舌をだらりと垂らし、濡れたような色を放つ目でぼくを凝視していた。犬の視線が、いやでならなかった。

解説

友清　哲

本書の表紙をご覧になって、思わず二度見してしまった皆さん、こんにちは。当企画の発起人でございます。犬にまつわる五つの作品を集めたアンソロジー（できればワンソロジーと呼んでいただきたいところですが）、お楽しみいただけましたでしょうか？

本書は熱心な読書家の皆さんや出版関係者の方々を、まずギョッとさせ、のちにクスリと笑ってもらいたい、そんな純粋なモチベーションから生まれた一冊となります。

ここに名を連ねる作家の皆さんは、いずれも著名作家のそっくりさん――と言いたいところですが、白々しいことはやめましょう。よくぞこれほどのメンバーに、このような冗談めいた企画にお付き合いいただけたものだと、今更ながらに感激しております。

以前、『Happy Box』というアンソロジーを編集させていただきました。こちらはお名前に「幸」の字がつく五人の作家に、「幸せ」をテーマとした作品を寄せていただいたもの。企画性からすれば、本書の前身と言ってもいいのかもしれません。

今回の企画を思いついたのは、まさにこの『Happy Box』の編集作業をあらかた終えたタイミングでのことでした。

知る人ぞ知る『ドラえもん』の〝神回〟に、のび太が自分の名前を誤って「野比《のび》のび犬」と書いてしまう名シーンがあります。少年時代にケタケタと笑いながら読んでいたその一節が、時を経て、頭のどこかで熟成されていたのでしょう。これを『Happy Box』のようなかたちのアンソロジーでやったら面白いのではないか、と発想してしまった次第です。そうなれば、競作テーマはもちろん「犬」しかありません。

さっそく、ものは試しで「犬」に変身できそうなお名前をリストアップ。あらためてチェックしてみると、「大」や「太」といった犬似の文字がお名前に含まれる作家は思いのほか多く、絵空事に思えた着想に、なんだか血が通いはじめたような感覚を覚えたものです。

かくして、『Wonderful Story』のプロジェクトは幕を開けました。

……しかし、名のある作家の皆さんに、片っ端から「犬になってください」とお願いしてまわるのは、なかなか勇気のいる作業でもありました。人によっては「バカにしてんのか！」とひっぱたかれるかもしれないし、あるいは無言のまま絶交されてしまうかもしれない。それでも、企画してしまったからには、一縷《いちる》の望みを懸けて行かねばなりません。時には会食のついでに。時には雑談のついでに。そして時にはインタビューのふりをして接触し（いや、ふりではないのですが）、次々にアタック。この企画を切り出された時の反応は、まさしく十人十色でした。

伊坂幸太郎さんの第一声は、「あはは。それは僕、呼ばれなかったら寂しいなあ」という、感涙《かんるい》モノのあたたかなコメント。「言いましたね？　もう逃がしませんよ」と返す刀でがっちり押さえこむようなかたちで、〝作家・伊坂幸犬郎〟の誕生が決定しました。

個人的に、伊坂作品に見られる寓話調《ぐうわちょう》のテイストは、犬というモチーフと相性がいいようにも感じていました。企画の種を「あーでもない」「こーでもない」と揉《も》み合うブレスト形式の創作法は、『Happy Box』でも経験済み。果たして、見事に寓話と融合した、ウィットに富んだ「イヌゲンソーゴ」ができあがりました。常に、読者に手の内がばれないよう配慮しながら、慎重にプロットを詰めていく幸犬郎さんの姿勢が、実に印象的です。

つづいて、大崎梢さんに「こんな企画を考えているのですが」とおずおずと切り出した際には、わりと及び腰なリアクションをいただいたことが思い出されます。でもそれは、決して今回の企画に異論があるからではなくて、「私、すごく筆が遅いので、書けるかな……」という、謙虚で奥ゆかしい事情によるものでした。

それでもしつこく食い下がるこちらの要求に折れていただき、無事に〝作家・犬崎梢〟が誕生。犬崎さんはわりと早い段階で「犬吠埼《いぬぼうさき》」という地名に着目され、現地へ取材に飛び出されました。その結果、「海に吠《ほ》える」は、犬崎さんの瑞々《みずみず》しい筆致《ひっち》が冴《さ》え渡り、犬吠埼界隈《かいわい》の情景がリアルに思い浮かぶ青春譚《たん》に仕上げられました。地名と少年と犬が巧《たく》みに機能し合うこの物語、読後の清涼《せいりょう》感は本書のなかでも随一と言っていいでしょう。

木下半太さんは、もともとご近所住まいの同い年とあって、今回のメンバーのなかでは最もフランクにお願いすることができました。そもそもが絵に描いたような関西人気質の木下さんですから、この手の企画にはきっと乗ってくれるはず。そう信じて、「よかったら今度、犬になってみませんか?」と水を向けると、即ご快諾《かいだく》。めでたく、〝作家・木下半犬〟の誕生です。

『悪夢のエレベーター』に始まる「悪夢」シリーズや、映画化された『サンブンノイチ』など、スリルとユーモアにあふれたエンターテインメントに定評のある半犬さん。犬というモチーフ以前に、今回のような悪ノリ企画は、間違いなく彼の土俵でしょう。美人妻の窮地《きゅうち》を描いた「バター好きのヘミングウェイ」は、ページを繰《く》る手を止めさせない木下メソッド全開の傑作です。

横関大さんにいたっては、これまでに一面識もない編集者から突然、「横関犬さんとして仕事をお願いしたいのですが」などと依頼され、さぞ当惑されたことと思います。かの名門、江戸川乱歩賞出身の気鋭。犬にたとえれば血統書付きのようなお方。にもかかわらず、なんと無礼なファーストコンタクトなのかと自分でも呆《あき》れてしまいますが、幸い、クールな横関さんは不快感をあらわにすることなく、「以前から盲導犬に興味があり、すでに取材もしているんですよ」と答えてくださいました（本当は内心ムッとしておられるのではないかと、今でもちょっと不安です……）。

とにもかくにも、〝作家・横関犬〟の手による「パピーウォーカー」は、あまり知られていない盲導犬の世界にアプローチ。巧みな構成もさることながら、犬に対する愛情をたっぷり感じさせてくれる、さすがのミステリーでございました。

今回一番のベテラン作家である貫井徳郎さんは、企画趣旨をお聞きになった際、少しきょとんとされていたのが印象的です。

「面白い企画ですね。でも、僕にどうしろと？　名前に犬なんて付けようがないですよ」

「あの、ここはひとつ、貫井ドッグ郎先生と呼ばせていただきたく……」

勇気をふり絞《しぼ》ったお願い事に、大笑いしながら「それはやらざるを得ない」と応じてくださった貫井さん。マジで怒られるのではないかとビクビクしていた僕は、ホッと胸をなでおろしたのでありました。晴れて、〝作家・貫井ドッグ郎〟の誕生です。

「犬は見ている」は、貫井さんらしいキレ味を備えた、ミステリーというよりサスペンス。「大トリが僕でいいんでしょうか?」と笑っておられたドッグ郎先生ですが、そのキレッキレの読後感が、きっと多くの読者を本書の虜《とりこ》にしてくれたことでしょう。

というわけで、錚々《そうそう》たる人気作家の皆さんを、犬扱いしてしまおうという大胆不敵かつ無礼千万《せんばん》なこの企画。

失礼つかまつりながらも、完成してみれば過去に前例があるわけのない、とっておきの作品集に仕上がりました。これがただ奇をてらっただけの企画でないことは、五つの作品が証明してくれています。本書をお買い上げの皆様には、ぜひ五匹の犬の里親として、末永く可愛《かわい》がっていただきたいものです。

そしてもし、この企画に第二弾があり得るのなら、今度はあのショートショートの神様、〝ポチ新一〟先生が遺《のこ》された作品を拝借できたら……などというのは、ちょっと調子に乗りすぎでしょうか。

ともあれ、皆様の読書タイムが最高にワンダフルなひとときとなることを願いつつ、筆をおかせていただきます。

（フリーライター兼、編集者）

〈著者略歴〉

伊坂幸犬郎《いさかこういぬろう》（**伊坂幸太郎**《いさかこうたろう》）

1971年、千葉県生まれ。東北大学法学部卒。2000年に『オーデュボンの祈り』で第５回新潮ミステリー倶楽部賞を受賞してデビュー。04年に『アヒルと鴨のコインロッカー』で第25回吉川英治文学新人賞、08年に『ゴールデンスランバー』で第21回山本周五郎賞と第５回本屋大賞をダブル受賞するなど、受賞歴多数。

犬崎《いぬさき》　**梢**《こずえ》（**大崎**《おおさき》　**梢**《こずえ》）

東京都生まれ。書店勤務を経て、2006年に『配達あかずきん』でデビュー。11年には『スノーフレーク』が映画化。主な作品に『平台がおまちかね』『プリティが多すぎる』『ふたつめの庭』『忘れ物が届きます』『だいじな本のみつけ方』『横濱エトランゼ』ほか多数。また編著書に『大崎梢リクエスト！ 本屋さんのアンソロジー』がある。

木下半犬《きのしたはんいぬ》（**木下半太**《きのしたはんた》）

1974年、大阪府生まれ。劇団『渋谷ニコルソンズ』主宰の傍ら、2006年に『悪夢のエレベーター』で小説家デビュー。以降、「悪夢」シリーズ、「ＧＰＳ」シリーズで人気を博すほか、『サンブンノイチ』『極限トランク』『極限冷蔵庫』『鈴木ごっこ』『きみはぼくの宝物』など多くの作品を発表。また、脚本家、俳優としても活動中。

横関《よこぜき》　**犬**《いぬ》（**横関**《よこぜき》　**大**《だい》）

1975年、静岡県生まれ。武蔵大学人文学部卒。2010年に『再会』で第56回江戸川乱歩賞を受賞してデビュー。他の作品に『グッバイ・ヒーロー』『チェインギャングは忘れない』『偽りのシスター』『沈黙のエール』『マシュマロ・ナイン』『ピエロがいる街』などがある。

貫井《ぬくい》**ドッグ郎**《ろう》（**貫井徳郎**《ぬくいとくろう》）

1968年、東京都生まれ。早稲田大学商学部卒。93年、第４回鮎川哲也賞最終候補作となった『慟哭』でデビュー。2010年に『乱反射』で第63回推理作家協会賞を、『後悔と真実の色』で第23回山本周五郎賞を受賞。主な作品に『失踪症候群』をはじめとする「症候群」シリーズ、『追憶のかけら』『新月譚』『宿命と真実の炎』ほか多数。

本書は、二〇一四年十月にＰＨＰ研究所より刊行された。
本書はフィクションであり、実在の人物、犬、団体等とは一切関係ありません。

ＰＨＰ文芸文庫 Wonderful Story《ワンダフル　ストーリー》

2017年９月22日　第１版第１刷

著　者　伊坂幸太郎／犬崎　梢／木下半太／横関　大／貫井ドッグ郎
発行者　後藤淳一
発行所　株式会社ＰＨＰ研究所
東京本部　〒135-8137　江東区豊洲5-6-52
文藝出版部　☎03-3520-9620（編集）
普及一部　☎03-3520-9630（販売）
京都本部　〒601-8411　京都市南区西九条北ノ内町11

PHP INTERFACE　http://www.php.co.jp/

組　版　株式会社PHPエディターズ・グループ
印刷所　図書印刷株式会社
製本所　東京美術紙工協業組合

ISBN978-4-569-76753-6

PHP文芸文庫

Happy Box

伊坂幸太郎／山本幸久／中山智幸／真梨幸子／小路幸也 著

あなたは「幸せになりたい人」or「幸せにしたい人」？ ペンネームに「幸」が付く5人の人気作家が幸せをテーマに綴った短編小説集。

定価 本体六六〇円
（税別）

PHP文芸文庫

きみと出会えたから

34人がつづる愛犬との日々

小川洋子/浅田次郎/村山由佳 他著

ピュアで、やんちゃで、ちょっぴりおばか。でも憎めない愛犬たち。そんな愛犬との幸せな日々を名文家たちが綴るエッセイ集。

定価 本体六六〇円(税別)

PHP文芸文庫

極限トランク

木下半太　著

なぜ閉じ込められたのか、如何に脱出するのか——〝極限の密室劇〟の幕が上がる。「悪夢」シリーズの著者が贈る、大興奮サスペンス。

定価　本体六〇〇円（税別）

PHP文芸文庫

極限冷蔵庫

木下半太 著

冷蔵庫に閉じ込められた⁉ これは事故か、誰かの悪意か。刻々と温度が下がる中、命を懸けたバトルが幕を開ける！ 極限シリーズ第二弾。

定価 本体六四〇円（税別）

PHP文芸文庫

GPS：京都市役所 魔性の花嫁

木下半太 著

悪夢シリーズの著者、書き下ろし新シリーズ。撮影所の花嫁の霊、インコの不吉な予言……謎を解くのは京都市役所心霊相談課（GPS）！

定価 本体六〇〇円（税別）

PHP文芸文庫

GPS：沖縄県庁 幽霊の告白

木下半太 著

凜花が京都市役所を退職⁉ 心霊相談課（通称GPS）が今度は沖縄に⁉ 恋も恐怖もパワーアップした人気シリーズ第3弾。書き下ろし。

定価 本体六〇〇円（税別）

PHP文芸文庫

京都西陣なごみ植物店

「紫式部の白いバラ」の謎

仲町六絵 著

「植物の探偵」を名乗る店員と植物園の職員が、あなたの周りの草花にまつわる悩みを解決します！ 京都を舞台にした連作ミステリー。

定価 本体六四〇円 （税別）

PHP文芸文庫

ジンリキシャングリラ

山本幸久　著

野球部を辞めた雄大は、可愛い先輩に誘われ人力車部へ⁉　とある地方都市を舞台にした高校生たちの笑いと涙の青春ドラマ。

定価　本体七八〇円（税別）

PHP文芸文庫

東京ダンジョン

福田和代 著

地下鉄全線緊急停止！「爆弾を仕掛け、東京の地下を支配した」と宣言するテロリストたちの行動を阻止できるのか。緊迫のサスペンス。

定価 本体八四〇円（税別）